JN034019

言葉屋

❿

さようであるならば

言葉屋（ことばや）⑩

さようであるならば

もくじ

第一章　虹声宅配便

小さいころ詠子は、音は地面から鳴るものだと思っていた。

雨が降り、雨つぶが地面をたたくと、まるで世界中から雨音が鳴っているような気がした。雪がつもって大地にふたをすると、世界はしんと静まりかえった。だから、世界の音はすべて、地面から生まれているのだと、詠子はそう信じていた。

そして今、詠子は雪を見つめている。

雪は窓の向こうで、とめどなく降り続き、見慣れた景色をどんどんと白く染めていく。

いや、消していく。

昔、詠子の部活の先輩であり、美術部とタロット同好会を兼部していた犬飼先輩が言っていた。油絵を描きなおしたくなった時には、描いた絵の上に白い絵の具をぬって、キヤンバスをまっしろにもどすのだ、と。そう考えると雪は、神さまの油絵を消す、世界のデリートキーのようだった。

やさしい粉雪が、音もなく世界を消していく。

音を、消していく。

消していく、消していく。

そしてやがて、すべてがまっしろになった時――。

詠子は、目を覚ました。

筋肉がはじけたように体がびくりとして、詠子は飛び起きる。

夢、だったのだ。

こんなにも残暑が厳しい季節に、雪の夢を見るなんて。と、詠子はびっしょりと汗をかいた体であたりを見まわす。そこは、詠子の住むマンションの屋上にある、おじさんの小屋だった。どうやら詠子は、おじさんのお気に入りのソファにすわっているうちに、うたた寝をしてしまっていたらしい。

とてもかんたんにつくられた掘っ立て小屋に、深緑色の扉。四方八方が下から上まで本で埋めつくされていて、本以外にあるものといえば、この大きな革ばりの茶色いソファと、机、そして小さな脚立くらい。おじさんが段ボール箱一箱分、お気に入りの本を持っていったはずなのに、この小屋の本の総量は、少しも減っていないように見えた。

部屋は、詠子がなにも知らなかった数か月前と、少しも変わっていないように見えて、ところどころ、失っている。机の上にあった大きなデスクトップパソコンも、プリンターも、おじさんがいつもつかっていた赤ペンも、おじさんが本の上で寝る時につかっていた毛布も、こまごまとしたおじさんの私物は、もうここにはない。おじさんは昨日、この小屋を去ってしまった。詠子のおじいちゃんとおばあちゃんの家に引っ越して、しかし、今はまた病院に入院している。

詠子がおじさんから、おじさんが未知の脳の難病であることを聞かされたのは、ほんの数週間前のこと。本当は数年前から予兆があり、そのころからおじさんは、人知れず少しずつ病院に通っていた。そして一か月前、詠子がおばあちゃんと一週間イタリアに行っているうちに本格的な検査入院をして、その結果を受け入れた。これまでずっとごまかそうとしていた病状と向き合う決心をして、それを詠子に打ち明けた。

病名は、まだ知れない。どうやら脳に関する病気であり、全身の筋力が弱っていく病気であることは確認できているものの、既存の病気とは少しずつちがった傾向があるそうで、これまでにない新しい病気である可能性が高いらしい。だからこそおじさんは、これから、入退院をくりかえしながら、いつどうなるかわからない自分の病状と、ともに生きていかなければならない。ただ現状、筋力が弱っていっていることは確かであるため、エレベーターがつながっていないこの屋上で暮らすことは、今はもうできなかった。

だからおじさんは、今の入院が終わっても、もうこの小屋にはもどってこない。

詠子がくたびれて学校から帰ってきても、キッチンでのんびりカレーをつくっているおじさんにはもう会えない。甘いハニーラテをいれてくれるおじさんにも、カラフルなサンドイッチ・ビュッフェをつくってくれるおじさんにも会えない。おばあちゃんが元気をなくした時に、いっしょに「おばあちゃんのためのおいしいホットスムージー研究会」を開催してくれるおじさんは、もうここには帰ってこない。気持ちを切り替えたくなった時に、コーヒーを片手にこの小屋の深緑色の扉をノックしても、おじさんはもう、詠子のなにも受け止めてはくれない。

おじさんは、もうこの小屋にはもどってこない。

こない、こない、こない。

起きていると、その言葉ばかりが頭をたたいて、めまいがした。脳が、「助けて」と心に手紙を出そうとしているかのように、涙が上から下へつーっと流れた。

明日から二学期で、もう学校がはじまるというのに、詠子は、「おじさんのいない日常」がはじまることがこわくてしかたがなかった。そんなことを言ってもしかたがないとわかっているのに、わかっているからこそ、足がすくんだ。ここから、出たくなくなった。

出れば、おじいちゃんが長年手入れをして育ててきた、屋上庭園に足を踏み入れることになる。そして、その庭園からこの夏、急に植物が少なくなった事実を目の当たりにしなければならなくなる。これからおじさんの入退院のサポートや、日々の生活の介護が必要になることを見こして、おじいちゃんはこの夏、屋上庭園の規模を大幅に縮小した。縮小された庭園はもう、これから大きくなることは、きっとない。

「おじいちゃんも、もう歳だからね」

と、おばあちゃんは先日、庭の縮小の手伝いをしながら、力のない笑みを浮かべていた。

おじいちゃんとおばあちゃん、詠子のお母さんは、詠子よりも少し前の今年の春ごろに、すでにおじさんから、病気について聞かされていたらしい。しかし、この小屋を出なければならなくなるような確信的な診断がくだるまでは詠子には言わないでほしいと、おじさんから口止めされていたそうだ。

どうりで、イタリア旅行に出発する前、おばあちゃんは元気がなかった。おばあちゃんは、ずっと知っていたのだ。でも、詠子はイタリア旅行から帰ってきたあとに聞かされた。「詠子ちゃんには自分から伝えたいから」「イタリア旅行は、楽しい気持ちで行ってほしいから」「だからまだ詠子ちゃんには言わないでほしい」と、出発前におばあちゃんにそう伝えていたらしいおじさんのやさしさが、詠子には今、ただくやしくて、腹立たしかった。

そうして詠子は、夜がふけきるギリギリまでずっと小屋にこもり、蒸し暑い部屋にがまんができなくなるくらいまで頭をぼうっとさせると、なんとか自分の部屋にもどって、無理やり眠った。

そして、次の朝、起きると。

詠子は、声を失っていた。

その日の朝、詠子は、げっそりとした顔で制服を着て自室を出て、ダイニングテーブルでコーヒーを飲んでいたお母さんに、あいさつをしようとした。しかし、いつもどおり、あたりまえに声を出そうとしたにもかかわらず、詠子の口からは、なんの音も出なかった。

あれ、と、不思議に思ったその気持ちも、声にはならなかった。

そのうちに、のどと胸をおさえながら、口をぱくぱくとさせている詠子にお母さんが気がつき、あわてて駆けよってきた。しかし、そのお母さんに声が出ないことを伝えようとした時もやはり、詠子から声はみじんも出なかった。

始業式は、休んだ。

はじめは、真夏にクーラーのないおじさんの小屋にこもっていたから体が混乱しただけだと思った。しかし、いくら休んでも眠っても、詠子の声はまったくもどらず、詠子の失声が物理的な原因からくるものではないことに、すぐに誰もが気がついた。

イタリアから帰ってきてから、詠子はずっとおじさんの病気のことをうまく受け入れられずにいて、病気の話を聞いて以来、おじさんとはほとんど話していない。おじさんの引っ越しとおじいちゃんの庭園のかたづけは申しわけ程度に手伝ったものの、それ以外は高校受験の勉強を名目に、部屋や図書館にこもっていた。唯一、おじさんに関することで詠子がこの夏、発した言葉は、あの屋上の小屋はこわさないでほしいということだけで、しかし、結局おじさんが提案してくれたクーラーを、つけてほしいとは言えなかった。

詠子はずっと、突然降ってきたこの状況に対して、うまく苦しむことすらできなくて、体の方が先に音をあげた。そんな自分が、詠子はとてもいやだった。おじさんが、詠子ひとりだけを子ども扱いしたことに腹を立てていたのに、結局、誰よりも子どものように駄々をこねている自分がいやで、許せなかった。しかし、声を出して、ふつうにふるまいたいと、心から思っているというのに、一日たっても三日たっても、詠子に声はもどらず、そのうちに、学校を休みはじめてとうとう一週間がたってしまった。

お母さんは、しばらくゆっくり休みなさいとだけ詠子に伝え、あとは詠子を責めることもなく、ふだんどおりに接してくれた。しかし、そうは言っても、いつまでもこのままでいることなど、詠子にはできなかった。

しぃちゃんたちには、夏バテで具合が悪いと伝えたものの、さすがに一週間、お見舞いも通話も拒否していれば、ただごとではないと気づかれる。案の定、しぃちゃんから毎日携帯に届くメッセージには、日を重ねるごとにおびえの色が増えていった。それで、せめてしぃちゃんの気持ちだけは混乱させまいと、意を決して声が出ないことを伝えると、しぃちゃんからのメッセージは途絶えた。

それが軽蔑やあきらめからの無言ではないことは、さすがにすぐわかった。しぃちゃんには、夏休みの間におじさんの病気について話している。だからこそしぃちゃんは、きっと今ごろ、詠子にかける最適な言葉を一生懸命考えてくれていて、それが見つからずに悩んでいるのだろう。そう思うと詠子は、しぃちゃんにこれ以上、心配をかけないためにも、もう声が出ないまま、学校に行こうかと思った。しかし、学校に行って声が出ない理由をみんなに説明する勇気がどうしても出ず、結局、休み続けた。

せめて、なにか前向きなことをしなければと、家で受験勉強をした。ただ、その合間に気分転換がしたくなっても、あんなに生活の一部であったはずの読書は、どうしてもできなかった。

それで詠子はその日、おじさんが入院しているうちに、おばあちゃんの工房で、言葉屋の修行をしようと思い立ち、おばあちゃんの家へ行った。しかし、集中力がもどらないうちは危ないからと、修行はおばあちゃんに禁止された。とはいえ、そのままとぼとぼと帰る気にもなれず、かといって、お店の二階に上がって、そこに増えたおじさんの私物を見る気にもなれなくて、詠子はおばあちゃんに、せめて新聞紙倉庫に入らせてほしいと頼んだ。そんな詠子に、おばあちゃんは少し複雑な表情を浮かべていたものの、本は読めなくても、新聞ならば読めるかもしれないから試してみたい、と筆談で懇願した詠子に、最終的には首をたてにふった。

それで詠子は、この夏、ひとまわり小さくなったように見えるおばあちゃんを背に、お店の奥の扉から工房をぬけて、庭に出た。夏の間に荒れた芝の向こうには、れんが造りのものおきがあって、鉄製の頑丈な扉をあけると、地下に続く階段が現れる。

地下空間は、空気がひんやりとしていて残暑を忘れさせてくれる。そして、そこには何十年、何百年分とも知れない量の新聞が、整然とならんでいた。日付順にならべられたその新聞の束を、詠子もこれまで幾度か、整理したことがある。新聞紙は、言葉屋の商品のひとつである言箱をみがく「言箱みがき」という修行につかわれるため、おばあちゃんは毎日たくさんの新聞をとっていて、新聞紙は日々増える。そして、言箱みがきをするたびに、少しずつ減る。それゆえに、ここの新聞は、定期的に整理をする必要があった。

詠子は、勝手知ったるこの空間の空気を、胸いっぱいにすいこむ。インクと、紙独特のにおいが、詠子の肺を満たした。いつもであれば、わくわくするばかりのこの香りが、今は苦い。新聞をどれか一部手に取ろうと思っていたのに、手がのびなかった。入った瞬間は、ひんやりとして気持ちがいいと思ったはずのこの地下空間が、長くいるうちに、まるで牢獄のように思えてきてしまった。その自分勝手な考えに嫌気がさして、詠子はずるずると、せなかを壁にあずけながらその場にしゃがみこんだ。

地べたにすわりこんでひざをかかえると、じっ、と、その歴史を刻むために生まれてきた紙の束を見つめた。まっしろでもまっくろでもないその灰色の紙は、まっしろでもまっくろでもない世の中の事実を、規則正しく毎日言葉の中に保存して、知識として未来に運んでいく。そんな、文字でできた時計のようなこの空間にいると、誰も動いていない静かな場所であるにもかかわらず、社会と時間の動きを肌に感じて、詠子はあせった。

今、自分がこうしてうずくまっている間にも、世界は絶え間なく動いていて、明日の朝刊に刻まれる事実をつくっている。それなのに、自分はいったいなにをしているのだろう。そう強く強く思っているのに、どうしてもその場から立ち上がれない。ただ、歴史と知識の集合体を見つめて、詠子は願った。

助けて、歴史。助けて、知識。おじさんを、助けて。

しかし、いくら心の中でそうすがっても、灰色の空間の向こうから返事はなく、時の流れを詠子に見せ続けるだけだった。

そうして、詠子がその流れに完全においていかれそうになった時。

ポケットの中で、携帯がヴッと音を立てた。

誰かからのメッセージの受信だとわかり、詠子は一瞬、確認をためらう。しかし、やるせなさの沼にしずんでいきそうであった自分の意識を、目覚ましのように起こしてくれたその音に感謝の気持ちもあって、結局、詠子はゆっくりとポケットに手をのばして、メッセージを確認した。

そこに表示されていたメッセージは、一行。

〈詠子、言葉屋会議しようぜ！〉

送り主は、語くんだった。

語くんからのメッセージに誘われて、その日の午後、詠子は久しぶりに、家でもおばあちゃんのお店でもない場所、語くんの家のお店、喜多方屋にやってきた。最初こそ詠子も、語くんを訪ねることをためらったものの、おばあちゃんづてに、詠子の声が出ないことを知っていたらしい語くんに、「だからこそ、ちょっと頼みたいことがあるんだ」と言われ、こんな自分でも役に立てることがあるならばと、少しだけ勇気が出た。声が出ない自分に必要性を見出してくれるその考え方や、詠子が頼みごとを断りづらい性分であることを見こしてのその言いまわしは、実に語くんらしい。語くんはいつだって、詠子の気持ちを先まわりするように言葉を選ぶことが、とても得意だった。

そうして、詠子が喜多方屋にやってくると、ガラス張りの店内からいち早く詠子の到着に気がついた語くんがお店から早足で飛び出てきて、詠子を奥の工房へといざなった。

以前、詠子も足を踏み入れたことのあるその喜多方屋の工房は、おばあちゃんのお店の工房とだいぶようすがちがうにもかかわらず、流れている空気はとても似ていて、ガラスにかこまれるという適度な緊張が、詠子の背骨を支えてくれた。

「今日、じいちゃん病院でさ、夕方まで帰らないからここ使えるし、ちょうどいいやって思って」

そう言いながら、詠子にいすをすすめてくれた語くんに、詠子はあいまいにうなずく。

語くんは、やさしい。ここに来てから、あいかわらず一言も話せていない詠子に、いつもどおりに接してくれている。それは、語くんのお父さんの諭さんも同じで、お店のカウンターにいた諭さんも、詠子の来訪を知るなり、いつもどおりにこにことあいさつをしたあとは、なにも詮索することなく、

「店番は、ぼくがしっかりしておくから大丈夫！　ゆっくりしていってね。工房は、絶対のぞかないから安心して！」

と、小さく胸の前でガッツポーズまで決めてくれた。諭さんが「鶴の恩返し」の主人公であったなら、物語の結末は変わっていたかもしれない。そう思わせるほど力強いその表情は大人にしてはあどけなく、物腰のやわらかさと無邪気さがおじさんに少し似ていて、詠子の胸は痛んだ。

〈おじいさん、病院って、どこか悪いの？〉

詠子は、語くんがすすめてくれたいすに落ちつくなり、ポケットから携帯を取り出して、メモ帳アプリにそう打ちこみ、語くんに見せる。

すると、人の健康について、つい敏感になってしまっている詠子の表情に、語くんは一瞬、申しわけなさそうな顔をしたあとに首をふって、詠子の前に麦茶のグラスをおいた。

「や、今度、左目の白内障の手術するから、今日はそのための検査らしい。重病とかじゃないから、大丈夫」

語くんのその言い聞かせるような口調に、詠子はほっとうなずく。ただ、携帯に「よかった」と打ちこむことはできなかった。語くんのおじいちゃんの言慈さんが、近々手術をすることは事実で、健康にどこも問題がないわけではない。そして白内障は、確か歳を重ねることで進行することが多い病気だったはずで、つまり、詠子のまわりの大人たちは、みなあたりまえに、老いていっている。新聞紙倉庫から出ても、やはり時の流れがまざまざと目の前に現れて、詠子の気持ちはまた、胸の奥で縮こまった。

そんな詠子の心のゆれを察してか、語くんはまたなんでもないようすをよそおって、詠子の携帯を指さす。

「そう、それでさ、さっそくだけど、聞いていい？　それで会話するのってさ、どんな感じ？　声で会話するのと、なにがいちばんちがう？」

語くんの声が、少しぶしつけにはずむ。でも、詠子は知っていた。語くんがこうして乱暴にはねる語調を選ぶ時は、だいたいわざとだ。詠子を、下手にはれもののようにあつかわない。そんな気遣いの結果にちがいなかった。

そして語くんは、いつもと同じように、言葉屋の、ひいては人間の未来を見すえて、今日も今日とて、向上心にあふれている。詠子をまっすぐに見つめる瞳は、気遣いだけではない好奇心に満ちていた。

いつもとちがうところと、いつもと同じところ。自分や相手がピンチの時に、そこに気づけることが、人間関係をていねいに重ねることの、とてもすてきな副作用のひとつなのかもしれない。それができるかできないかが、見ず知らずの人と友だちの、とても大きなちがいなのかもしれない。

と、語くんの瞳の中でそこまで考えると、少し肩の力がぬけて、詠子はほほえんだ。そして、ゆっくりと携帯の上に指をすべらせる。

〈たくさん、ちがうところがあると思う。

やっぱり、話すより打つ方がどうしても時間がかかるから、

早くしなきゃってあせる気持ちもあるけど、

こうして打っている間は、話している時よりも、冷静な自分もいる気がする。

話す時と打つ時だと、脳のちがう部分をつかっている感じがする〉

詠子は、そこまで打つと、語くんにその画面を見せる。

そして、語くんが目でその詠子の文字を追って無言でうなずくと、詠子はさらに続けた。

〈たぶん、冷静でいられるのは、こうして打っている間は、相手の顔を見ないで、自分の文字にだけ集中できるからだと思う。話している時は、言葉を発するたびに、相手の反応が気になって、相手の目線とか表情の動きに心が持っていかれて、軌道修正すべきかとか、たくさん考えることがある。でも、こうやって書いてから見せると、それはそれで、相手が読んでいる時間、すごく緊張する。目の前でテストの答え合わせをされているみたいな

気持ちになる〉

詠子は、そこまで一気に打って、ちらりと語くんを見やる。

メールやメッセージであれば、もう一度読みかえして、言葉を微調整するところだけれど、こうして目の前で待たれていると、それはしづらい。それで詠子はそのまま、画面を語くんに見せた。

語くんはそれを、やはり無言で読んで、それからふと、自分のポケットから携帯を取り出すと、なにかを打ちこみはじめる。その指の動きはとてもはやく、語くんはすぐに打ち終えて、詠子に画面を見せた。

〈なるほど。ちょっと、俺もやってみたいから、やってみる。

確かにこの感覚は、単にメッセージ打つ感じとはちがう〉

詠子は、うなずく。

〈そうなの。それにやっぱり話すより時間がかかるから、時間がかかっても大丈夫って思える相手じゃないと、安心して話せない。なんだか少し、外国語を話そうとする時の感覚に似てるかも〉

〈そうかもな。やっぱ、同じ言語でも伝える方法が変わると、言葉に必要な気のくばり方

は、がらりと変わる〉

詠子にその画面を見せながら、ふむ、と考えこむようにあごに手をやった語くんに、詠子は続ける。

〈これは、語くんが前に言っていたネット上のコミュニケーションの研究の一環？〉

そう打ちこんで詠子は、その言いまわしが抑揚によっては、少し責めるように聞こえてしまうのではないかとためらう。しかし、長らく人とゆっくり話していなかった詠子は、言葉に対して気軽になることにあこがれて、そのまま語くんに見せてしまった。

すると語くんは、少しだけ目を泳がせたあとに、また詠子をまっすぐに見て、うなずく。

そして、言った。

「そう。ごめん、詠子を利用するようなことして。でも俺、夏休みに関さんのところで勉強させてもらって、改めてまたそこにチャレンジしたくなったんだ……って、やべ。俺、もうしゃべってんじゃん」

語くんはそう言って、携帯を片手に肩をすくめる。考えこんだあまりに、打つコミュニケーションを試していたことを忘れてしまったらしい。

そんな語くんに、詠子はやんわりと首をふってほほえむ。

関さんとは、詠子たちの住む町から少しはなれたところに住んでいる言葉屋のおじいさんで、関さんのお店の近くでは、言葉屋の商品である言箱の原料を採ることができる。そして語くんは、詠子と出会った当初からずっと、現代に役立つ言葉屋の新商品のアイデアを模索していて、最近は、スマートフォンやタブレット端末などの液晶画面がガラスでできていることに着目している。それらの機器と言葉屋のノウハウを合わせることで、現代の言葉の病巣となっているインターネット上でのコミュニケーションについて、なにか策を打てないかと考え続けているのだ。だからこそ今回、詠子の現状の実態が気になったのだろう。語くんの芯はいつもまっすぐで、まぶしかった。

語くんは、そのまま自分の携帯の画面を見つめて思案する。

「いわゆるネット上の誹謗中傷問題とか、メッセージアプリでのコミュニケーションの問題とかをさ、ちょっとでもなんとかできるものをつくりたいっていうのもそうだけど、いろいろ考えているうちに、こいつが持つポテンシャルって、もっとあんのかもしれないとも思った」

詠子は首をかしげたあとに、少し考えをめぐらせて、両手を動かす。

〈手話？〉

と、手話でたずねた。

というのも語くんは以前から、現在の言珠や言箱は、手話という言葉のかたちには対応しづらいという点に問題意識を持っていた。そのことに、詠子も思いいたったのだ。

すると、語くんはうれしそうにうなずく。

「そう。今の言珠と言箱は、ろうの人にはつかいにくい。けど、こういう端末はバリアフリーがちょっとずつ進んでて……」

語くんが、そこで一瞬、視線を下に落とす。そして、顔をあげて詠子を見ると、言った。

「病気とかけがで手がつかえなくても、目で操作できる端末っていうのも最近はあるらしいんだ。ALSで筋力が低下しても、人間の体の中で目の筋力って、いちばん最後まで残るって言われているらしくて、キーボードみたいに文字が羅列してある特殊なボードを見ながらその上で視線を動かすと、視線で文字入力ができるっていうシステムも、今、できてきてるらしい」

詠子は、目を見ひらく。

ALS。別名、筋萎縮性側索硬化症は、運動をつかさどる神経が働かなくなることによって、呼吸をする筋肉をふくむ全身がだんだんと動かなくなっていく病気で、詠子のおじさんの病気は、そのＡＬＳに症状が似ているところがあると言われている。そしておじさんは、病気について詠子に告白したあと、言葉屋専用ＳＮＳミアカルタでも、自分の病気、現状について説明をしていて、語くんがおじさんの病気を知っていることは、おかしなことではなかった。

それで詠子は、語くんの口から急にふってきたその本題に、一瞬身がまえたものの、すぐに気持ちを持ちなおして、うなずいた。

すると、語くんが少し照れくさそうに首のうしろに手をやる。

「なんだ、詠子ももう知ってたか」

それで詠子は、あわてて指を動かす。

〈ううん、私が知ってたのは、そういう技術があるってことだけ。語くんみたいに、言葉屋の新商品にとか、実際に役立てるためになにができるかは、考えられてなかった。だから、聞けてうれしい。ありがとう〉

詠子はそこまで打ちこむと、その画面を語くんに、ぱっといきおいよく見せる。そして語くんがその言葉を読んだことを確認するやいなや、すぐにまた続けた。

〈私、おじさんの病気のことを知ってから、ネットとか本で、ＡＬＳとパーキンソン病っていう、おじさんの病気と症状が似ているかもしれない病気のこと、いろいろ調べたの。けど、調べても調べても、知識におぼれてくばっかりで、全然自分の思考を、未来につなげられなかった。だから、ありがとう。語くんも調べてくれて、こうして話せて、教えてもらえて、うれしい〉

詠子のその言葉を読んで、語くんがほっとしたように笑う。

「うん。なんか、今、詠子のこの文字、俺の頭の中ですげー自然に詠子の声で再生された。文字のコミュニケーションって、確かに話す時とちがうけど、言葉を発する人が同じなら、変わらないものも絶対あるな。んで、俺はやっぱ、その部分をとりこぼさないシステムをつくりたい。てか、つくる。絶対」

語くんの切れ長の瞳が、やわらかくほそめられる。

その瞳を見ながら、詠子は改めて思った。

語くんから、瞳の話を聞けてよかった。

初めて会った時、詠子を「大きらいだ」とにらみつけた瞳。

器用そうに立ちまわったかと思えば、どうしようもなく不器用に乱暴になる時もある瞳。

それでもいつでもまっすぐに夢と、人を見ることをやめない強い瞳。

詠子が語くんと出会って、二年と少し。その中で語くんは、その魅力的な瞳を通じて、詠子にたくさんのことを教えてくれた。と、詠子は思わず、自分の瞳の奥にこみあがるものを感じて、あわてて目をしばたたかせた。

語くんは、そんな詠子に気づいているのかいないのか、詠子から目をそらすと、うんとのびをする。

「それに、こういうの、他人事じゃないかもしんないしな。俺ら、ずっと声のコミュニケーションがあたりまえでやってきてるけど、もしかしたら近い将来、急に世界中に謎のウイルスがまん延して、しゃべるだけで飛沫感染するから人としゃべること禁止、ってなるかもしれないだろ？　そしたら、こういう声以外のコミュニケーション方法が必要になるわけで、そのためには研究、急がないとじゃん。だから詠子、大丈夫だよ」

そう言いながら語くんは、ちらりと詠子を見る。

「詠子の言葉がどういうかたちになっても救えるシステムを俺がつくるし、詠子がいやじゃなければ、詠子もそれ、手伝ってよ。てか、詠子はいるだけでも俺の活力になるわけで、だから……」

語くんの言葉が、瞳が、めずらしく横ゆれする。

しかし、最後はやっぱり「まっすぐ」に落ちついて、

「だから、大丈夫だよ、詠子」

と、語くんはその言葉をくりかえした。

ぎゅっと、詠子の胸の奥がしめつけられる。

詠子は、見えないその痛みをにぎりしめるように、思わず胸の前で手をにぎった。

語くんは、無言の中で、詠子の手をじっと見つめる。

それから、少しだけこまったように視線を落とすと、携帯になにかを打ちこんだ。

すぐに、詠子の手の中で、携帯がヴッと鳴る。

見れば、そこには語くんからのメッセージがあった。

〈ごめん、今の口説き方は、ちょっとずるかった〉

わざわざメッセージアプリを通じて届けられた目の前からのメッセージに、詠子は思わず語くんを見る。語くんは、続けて打ちこんだ。

〈でも、詠子になんかあったらなんでもしたいのは本当。

これつかって、言葉屋も世の中もよくしたいのも本当〉

語くんは、詠子を見ずに携帯にそう打ちこんでいる。

それで詠子は、そのメッセージには返信せずに、先ほどと同じく自分のメモ帳アプリに言葉を打ちこむと、その携帯を語くんの瞳と、語くんの携帯の間にさしこんで、語くんの視界に無理やり入りこんだ。

〈ありがとう〉

なんでもないたった一言だったけれど、詠子はそれを、メッセージアプリの中ではなく、少しでも語くんの心臓に近いところで伝えたかった。そのことに、おそらく語くんも気づいたのだろう。語くんは一瞬びくりとしたあとに、詠子が打ったその言葉を瞳の奥に焼きつけるようにじっと見つめてから、詠子を見てほほえんだ。

それからふたりは、筆談を中心に、機械端末を通じて交わされる言葉のコミュニケーションについて、ぽつぽつとゆっくりと話した。そのうちに、語くんの妹の詩歌ちゃんが帰宅して、詠子を見るなり、うれしさと心配が同じだけたっぷりつまった表情で、詠子の手をぎゅっとにぎった。

「詠子ちゃん、会えてうれしい」

詩歌ちゃんの表情は、ほんの半年前がうそのようにくるくると変わり、言葉と同じくらいすなおに心のうちを伝えてくれる。詠子は、その手のぬくもりがとてもいとおしくて、ありがとうの気持ちをせいいっぱいこめて、手をにぎりかえした。そして、そのあと、

「やっぱ、会議っていいな。詠子、またいつでも会議しにきてよ」

と、詩歌ちゃんと諭さんと、お店の前でならんで詠子に手をふった語くんに、詠子はしっかりと手をふりかえした。自分の手のぬくもりを送るように、しっかりとふった。

ただ、帰りは送ると言ってくれた語くんの申し出は、丁重に断った。

帰りは、ひとりで歩いて帰りたかった。

残暑の引いた夕方の川沿いは、人肌のようなぬくもりに満ちていて、詠子はその空気をそっと感じて帰りたいと思った。

しかし、人との出会いは、川のように流れて、出くわすものなのかもしれない。

喜多方屋を出てしばらくすると、詠子は視線の先に、見知った家族を見つけた。

その家族は、川沿いのまっすぐな道を向こうから歩いてきて、詠子はその姿に一瞬足がすくんだものの、すぐにその家族のあたたかさを思い出して、そのまま足を進めた。そして、ならんで歩いていたふたりと目が合うと、声が出ないぶん、なるべくていねいに頭をさげる。

すると、そのさげた頭がつくった視線の先で、一組のつぶらな瞳と目が合って、詠子の頬は、思わずゆるんだ。

「む？　ああ、おまえは、ことむらの……」

詠子の頭の上で、ずしりと重い低音が響く。そしてすぐにそのとなりから、よくもみこまれた和紙のようにやわらかい声が続いた。

「もう、いやですよ、お父さん。可憐なお嬢さんにおまえだなんて。詠子ちゃんですよ」

そして、そんなふたりの言葉のしっぽになるかのように、ふたりの足もとから、毛並みがよく手入れされた小さなヨークシャーテリアが、詠子にすりよってくる。耳を寝かせて、小さなしっぽをふって、体中で好意を示してくれる小さなあたたかさが、今の詠子には、すがりたくなってしまうほどにありがたかった。

それで詠子は、思わずその場にしゃがみこみ、その愛情たっぷりのヨークシャーテリア、須崎家の名誉ある番犬の任についている小筆ちゃんを、両手でつつみこむようにしてなでてから、顔をあげる。

そこには、詠子と同じ中学に通う須崎哲平くんのおじいさんであり、須崎書道教室の先生でもある須崎歳蔵さんが立っていて、その横には奥方の、須崎くんのおばあさん、須

崎琴音さんが立っていた。

　歳蔵さんは、着流しの着物姿で、しっかりと茂ったあごひげの奥から、笑顔を浮かべるでもなくじろりと詠子を見ている。その瞳には、あいかわらず迫力があった。しかし、そのとなりで琴音さんは、着物を思わせるようなすとんとしたかたちのロングスカートのすそを、すずしげに風になびかせながら、にこにこと目をほそめていて、詠子にチャーミングに手をふっている。それで詠子は、ひととおり小筆ちゃんをなで終えると、立ち上がって改めてふたりに頭をさげた。

　詠子はその昔、小学六年生のころに、小筆ちゃんをこの河原で須崎くんたちと見つけ、飼い主探しのすえに、歳蔵さんに引き合わせたことがある。当時は無気力無感動だった小筆ちゃんは今やこの調子で、そのことからも、一見無愛想に見える歳蔵さんが、実は小筆ちゃんにきちんと愛情をそそいでいることがわかった。見れば今、小筆ちゃんとつながっているリードをにぎっているのも歳蔵さんで、歳蔵さんが主体となって世話をしていることは、今も変わっていないらしい。

　詠子は小筆ちゃんが歳蔵さんのもとで暮らすようになってからも、何度かしぃちゃんと、小筆ちゃんに会いに須崎書道教室を訪れていたが、最近はご無沙汰している。ただその中で、琴音さんとも何度か会っていて、中学に入ってからは琴音さんに、紙すきを教わったこともあった。

というのも、歳蔵さんは、自身は言葉屋ではないものの、言葉屋という仕事の大ファンであり、詠子のおばあちゃんのファンでもある。それゆえに長年、自分でも言葉屋のような仕事ができはしないかと研究を重ね、その末に、「言珠紙」という、言珠を模した半紙をつくるようになったのだ。本来は正統な言葉屋の商品ではないはずのその「言珠紙」に、しかし、詠子はこれまで何度も救われてきた。

そして、その歳蔵さんの言珠紙を応用し、「星生み言珠紙」をつくってくれたのが、琴音さんだった。いろいろな色に染めた言珠紙を細長い短冊のように切り、くるくると折ると、小さな星のかたちをつくることができる、それこそが「星生み言珠紙」で、その色とりどりの紙は、どこか重みのある白い言珠紙よりポップでかわいらしく、語くんも昔、その星生み言珠紙に助けられたことがある。そして、そのことがきっかけで詠子は、語くんと須崎くんとともに、琴音さんの紙すきと紙染めを手伝ったことがあり、その中で琴音さんのおおらかな人がらにふれて、琴音さんのファンになったのだ。

ただ、詠子が琴音さんに惹かれてしまう理由は、ほかにもあった。

今日はあわい色のロングスカートを着ている琴音さんは、普段は歳蔵さんと同じように着物を着ていることが多い。そして、上品な着物がとても似合う琴音さんは、詠子のおばあちゃんのお店の常連であった、今は亡き藤居さんというお客さんに、少し似ていた。詠子は、いつも詠子にあたたかく声をかけてくださった藤居さんにも、とてもあこがれており、似た雰囲気をまとっている琴音さんに、心地よさと憧憬をいだいている。

と、ふたりへの気持ちを改めて、自分の心にわきたたせると、ふるえかけていた足は自然とその選択を手ばなし、詠子の体をきちんと支えた。そして、ふたりが不審に思う前に声が出ないことを伝えなければと、あわててポケットから携帯を取り出そうとする。

しかし、その手を、琴音さんの手がそっと止めた。

それで詠子が琴音さんを見ると、琴音さんはにこにこと首をふっている。

「大丈夫ですよ、詠子ちゃん。わかっていますから」

その言葉に、詠子は目をまるくする。

すると琴音さんはあわてて、つけたした。

「あ、もちろん、なにか伝えたいことがあるのであれば、教えてくださいね。無理はしなくて大丈夫、ということです」

それで詠子は、改めて琴音さんに感謝の意を示す会釈をして、それからちらりと歳蔵さんを見やる。歳蔵さんは、あの須崎くんがおそれるほどに厳しい人で、人を叱責する責任をきちんと背負える人だ。昔かたぎなところもあり、詠子の今のこの状態を、「けしからん、たるんどる、甘えるな」と一喝する可能性はじゅうぶんにあった。

しかし、雷は落ちなかった。

歳蔵さんは、特に表情をゆるめるでもなく、とまどうでもなく、詠子を気づかうでもなく、最初と同じ表情で、ただ、

「ああ、声が出ないんだったな」

と、事実をそのまま口にして、うなずいた。詠子が、年少者であるにもかかわらず、歳蔵さんたちに元気な声であいさつをしない、という無礼を働いた理由に納得がいったようだ。そんな歳蔵さんを、琴音さんはあきれたようにつつく。

「もう、デリカシーのない人ですね」

しかし歳蔵さんはそんな琴音さんを、心底わけがわからないといった顔で見かえす。

「なにがだ。声が出ないならしかたないだろう。それがなんだ。小筆だって、しゃべらん」

歳蔵さんの言葉に、詠子と琴音さんは思わず顔を見合わせて、それから笑ってしまう。

琴音さんは、どこか遠慮した苦笑いだったけれど、詠子はごくふつうに笑った。

「いやですよ、お父さん。そりゃ、小筆も詠子ちゃんもかわいいですけど、いっしょにするなんて」

「なにがおかしい。犬も人間も根本は同じだ。心で接すれば、心は通ず」

それで、詠子と琴音さんは、もう一度顔を見合わせて、それから今度は同時に同じ笑顔を浮かべる。詠子は改めてふたりに頭をさげた。

携帯に、お礼の言葉を打ちこんで見せようかと一瞬思ったものの、すぐにふたりにはいらないだろうと思いなおし、足もとでしっぽをふり続けてくれた小筆ちゃんを、そっともうひとなでする。そして、ふたりにまた会釈であいさつをすると、ふたりが夕暮れに近づいた空の下をゆっくりと歩いていくうしろ姿を見送りながら、昔、藤居さんが言っていた言葉を思い出した。

『コミュニケーションって、言葉だけじゃないのね』

藤居さんの笑顔からこの言葉を聞いてからはや二年。この言葉は、これまで何度も詠子の胸に響いては、詠子を窮地から救ってくれた。そして今もまた、その言葉はほんのりと詠子の胸に灯をともす。詠子は、少し軽くなった足どりで、鳴きはじめた虫の声に耳をかたむけながら、再度、歩を進めた。

するると、少し歩いたところで、ふたたび出会いがおとずれた。

「あれ？　ことむらぴー？」

と、久しぶりに聞く男の子の声がして、詠子は足を止める。

すると、その声に続いて、

「ちょっと、宇治原……！」

と、少しあせった女の子の声も聞こえてきた。

見れば、そこにいたのは、ちょうど川岸の方から詠子の歩く土手の上に上がってきたらしい宇治原馨くんと久我麻美ちゃんだった。ふたりは去年、詠子と同じクラスだった同級生で、宇治原くんは今や、野球部期待のエースから野球部中心メンバーとなり、貫禄が増した。一方、ダンス部の麻美ちゃんはいつも快活で、姉御肌のその性分は、男の子からも女の子からも、今も変わらず慕われている。

と、そんなふたりを前にして、詠子はコミュニケーションのはじめ方にまよう。麻美ちゃんのようすからして、おそらく麻美ちゃんは、声が出ない詠子にぶしつけに声をかけようとしている宇治原くんを止めようとしたのだろう。詠子は、しぃちゃんに声が出ないことを連絡したあと、それをしぃちゃんだけが背負う秘密にしては申しわけないと思い、いつもいっしょに勉強会をしているメンバーや、部活のメンバーにも伝えていた。ただ、理由についてはさすがにくわしく説明できなかったため、気遣いのできる麻美ちゃんは、宇治原くんが土足で詠子の心に踏み入らないかどうか、心配しているようだ。しかし、当の宇治原くんは麻美ちゃんの制止の声も聞かずに、ずんずんと詠子の前に進んでくる。

「おっす、おっす。超久しぶりじゃん、ことむらぴー。元気？」

屈託なく笑う宇治原くんを前に、詠子はついあいまいにほほえんでしまう。

しかし、すぐに麻美ちゃんが追いついてきてくれて、

「う・じ・は・ら！」

と、きっちりと音節を区切ると、バシッと宇治原くんの肩をたたいた。

しかし、宇治原くんは当然ながら麻美ちゃんの力ではびくともせず、詠子に視線を向けたまま、にかっと笑った。そして、

「や、マジでちょうどよかったわ、ほんと」

と言うなり、宇治原くんが首にかけていた大型のヘッドホンを、すぽっと詠子にかぶせる。

そのあまりに唐突な行動に、詠子は目を点にした。しかし宇治原くんは、にこにことし

た笑顔のまま、ポケットに手を入れて携帯をいじる。

「ごめん、汗くさいだろうけど、ちょーど今、めーっちゃいい曲聞いてたからさー、ことむらぴーにも聞かせたくて」

そう言って、宇治原くんは携帯の操作を終える。

すると、詠子の耳に、ヘッドホンを通じて宇治原くんの携帯から音楽が飛んできた。

それは、とても耳馴染みのある、いきおいのあるイントロ。

詠子はすぐにその曲に思い当たって、ふふっと、息をはいて笑った。

その表情を見て、麻美ちゃんも安心したように、ふうっと小さく息をついている。

それは去年、このふたりとともに詠子たち二年い組が、文化祭の企画でつくった歌だった。宇治原くんが言い出しっぺ、麻美ちゃんはまとめ役、そして詠子は作詞の担当となってつくった。

担当といっても、この曲の歌詞は、二年い組のみんなが出し合ったもので、詠子はただ、みんなから集まった言葉をつなげたにすぎない。それでも、そこには詠子なりの苦悩とよろこびがつまっていて、この曲を聞くと、いつも当時の気持ちが鮮明に思い出された。あの時、宇治原くんが言っていたとおり、この曲を聞くと今でも、心がすぐにあの二年い組にもどっていく。

それで詠子は、自分の心がきちんとその動きをしたことを確認すると、曲が終わる前に自らヘッドホンをはずして宇治原くんにもどす。宇治原くんからのやさしさとメッセージはじゅうぶんに伝わったため、ふたりを曲の終わりまでつき合わせるのは悪いと思った。

そんな詠子の気持ちが伝わったようで、詠子が笑顔でヘッドホンを宇治原くんにわたすと、宇治原くんはまた笑顔の明るさを更新して、あっけらかんと笑う。

「な！　いい曲っしょ！」

その言葉に、詠子は大きく、大きくうなずいた。

それからふたりは、それ以上野暮なことは言わず、詠子と別れた。

ただその別れ際、麻美ちゃんは詠子になんと声をかけるべきかまよったように目を泳がせたあと、詠子の両肩にがしっと手をおいて、詠子を真正面から見つめると、

「古都村ちゃん、ノートはメビウスにまかせて！」

と、力強くそう言い切った。

そんな麻美ちゃんに、宇治原くんは「うおー、麻美さん、おっとこまえー！」と、けらけらと笑っていて、そのままふたりはゆっくりと河原を、ならんで歩いて去っていった。

そのせなかを見ながら、詠子は思い出す。

そういえば、あの時麻美ちゃんは、クラスのみんなで歌詞のワードを出し合って、自分の出した言葉と好きな人の言葉をとなりにできたらすてきだと、恥じらいと期待を隠したような表情で言っていたっけ。

そんな麻美ちゃんは今、宇治原くんのとなりを、ゆっくりと歩いている。

それを思うと、詠子は改めて、詠子の頭の中にまわり続けているあの「メビウスキョーソーキョク」のことを、とてもいい曲だと思った。とても、とてもいい曲だと思って、その曲の制作に関われたことを、今さらながら誇りに思った。

そしてその曲名の由来のひとつであり、麻美ちゃんも口にしていた「メビウス」とは、詠子たちが中学二年生の一学期の時に発足された、勉強をともにする会の通称で、最初はテスト勉強のためにつどっていたそのメンバーは、今ではクラスの垣根をこえて、さまざまな情報交換や助け合いをするグループとなっている。発足から一年半弱しかたっていないにもかかわらず、そこには不思議と強固な絆があって、詠子はその発足当時のことをぼんやりと思い出しながら、夕暮れの河原の音に耳をすませた。ここにもあそこにも、数学の言葉が流れているかもしれないことを想像しながら歩いて、家までもどった。

と、それがテレパシーになったわけではないはずにもかかわらず、その日の夜、詠子の携帯は、思わぬ人からの着信でふるえた。

その人から、通話はもう二度とかかってこないと思っていたのに。

詠子は、少しとまどったのちに、応答ボタンをおす。携帯を耳につけると、電話口の向こうから、ふんっとあきれたような鼻息が聞こえてきた。

「やっと、出たか」

それは、去年詠子と同じクラスで、まさにメビウスの会発足の契機となった人物、井上磐理くんの声だった。確かそのメビウス発足のどたばたの際に、井上くんは金輪際、詠子と通話はしないと言っていたはずだったが――。と、詠子は自分の声が出ないこと以上に、そちらの約束の方が気になり、応答した電話にどう対応すればいいものか混乱する。すると井上くんは、はあっとため息をついた。

「……わかってるよ、もう通話はしないんじゃなかったのかって、俺を責めたいんだろ。けど、あいにく俺は暇人じゃないんで、おまえのために時間をかけてちまちまメッセージを打ってる時間はない人なんだよ」

井上くんらしいとげとげとした声調と言葉づかいに、しかし詠子は意外と動揺しない。

むしろ、そんな「おまえ」のために、通話をする時間はつくってくれたのかと、感動すらおぼえてしまった。ただ、その詠子の感動はもちろん、詠子の声には乗らず、電話というシステムの中ではきっと今、井上くんのもとに詠子の気持ちはなにも届いていない。しかし井上くんは、おかまいなしに続けた。

「ただ、さっき、ふと脳の回路のいたずらで、少し思い出した話があって、だ。それを今から、ざっと話すから、とりあえず聞けば暇つぶしくらいになるんじゃないかと思ったわけだ。おまえは、どうせ暇なんだろ」

そんな井上くんの照れ屋な決めつけにも、詠子は当然声を返せず、そのことに井上くんも少しだけ不安になったのか、んんっと一度のどの奥を鳴らすと、ぼそぼそと言った。

「まあ、あれだ。もしどうしてもいやなら、勝手に切ればいい。俺はまったく気にしない」

と言いながら、実際に詠子がこの通話を切れば、井上くんはとても気にするだろうなと、詠子は思わず、少し笑ってしまう。井上くんは、そういう繊細さと、ねじくれまがってはいるけれど、きちんとしたやさしさを持った人だった。

だからもちろん、詠子は通話を切らなかった。

「ま、まあ、そっちが切らないなら話してやってもいいわけだけど、その思い出した話っていうのはつまり、虹の話だ」

虹？　と、もし詠子が今、自然と声を出せる状態であれば、思わず聞きかえしてしまったにちがいない思わぬワードに、詠子は目をまるくする。すると、そんな詠子のまぶたの動きを、まさか電話ごしに感じとったわけではないはずだが、井上くんはそこで、少し早口になった。

「いや、わかってるよ。俺に虹なんてロマンチストきどりの言葉が似合わないことくらい。ただ当然、虹は、愛と希望と魔法でできてるわけじゃない。虹は、太陽光が空に浮かぶ水滴の中で屈折、反射して円弧状に色わかれして見える現象で、つまり、科学の研究領域だ。いつの時代も虹は、たくさんの科学者を魅了してきた。そしてその中でも、光を初めて物理学の側面から研究した科学者は……」

井上くんが、思わせぶりに言葉を切る。そして、言った。

「アイザック・ニュートンだ」

それで、詠子はまたもや目をまるくする。

ニュートン。万有引力の発見者と言われ、ペストというおそろしい伝染病の研究を、数学を用いて行った数学者でもあるニュートン。その人のことを、詠子は井上くんとの関わりの中で、調べたことがある。

そして、井上くんに言ったことがあった。

井上くんに、ニュートンになってほしい、と。

きっと、井上くんはそのことをおぼえていたにちがいない。しかし井上くんは詠子とちがい、そんな感傷をみじんも感じさせない声でたんたんと続けた。

「十七世紀、ニュートンは、光が分割できる色の集合体だと気がついた。その色の内わけは、赤、橙、黄、緑、青、藍、紫の七色。そして、その七という数字は、音階のオクターブが由来だと言われている」

ド、レ、ミ、ファ、ソ、ラ、シ。

井上くんの言葉を受けて、詠子は思わず音階を数える。確かにその音の数は、七つだった。

井上くんは、DTMというコンピュータをつかった音楽にも精通しており、自身で作曲もしている。先ほど詠子が河原で聞いた「メビウスキョーソーキョク」も、曲は井上くんの作品だった。つまり井上くんは、自分では否定したがるものの、音楽というとてもロマンにあふれた世界の住人であり、立派なロマンチストだ。

だから、井上くんは言った。

「つまり、虹は天界のオクターブというわけで、たとえ人間が音を失っても、空に虹が出れば、そこに音を感じることができる。そして虹は、夕方の雨上がりによく出る。雨雲が東に去り、そこに西から太陽の光がさせば、東の空に虹ができるというわけだ。つまり、雨が降って気落ちしたあとにこそ見られるものが虹であり、その虹に希望を感じられれば、目前に夜がせまろうとも力がみなぎる。――そう思うだろう。というか、思え」

そこでまた、井上くんの照れが、井上くんの言葉を荒くする。そして、そのままの調子で投げやりを装って、井上くんは続けた。

「とはいえ、アメリカでは虹は六色、ドイツでは五色だと認識されていると聞く。文化によっては二色や三色としているところもあって、日本でも古くは五色とすることが主流だったらしいが、学校教育の中でニュートンの虹の研究をあつかったため、七色というようになった。ただなんにしろ、虹がなだらかなグラデーションをもってして多くの色を内包するという事実は変わらない。そしてその事実は、まるで虹には無限の色があるかのような錯覚を我々に与える。だからこそ虹は、すべてがそなわっている希望のイメージとして人間社会のあらゆる活動に多用されているというわけだ。つまり、虹に希望を見出すという人の心の動きには、理路整然とした理屈がある」

井上くんは、そこでまた、ふんっと鼻を鳴らす。

それは、実に井上くんらしい言いわけだった。

そして井上くんは、そこにさらに言いわけを重ねていく。

「ま、まあ、とはいえ虹は水滴だけじゃなくて、ガラスでも水晶でも、透明な物体さえあればつくれるわけで、そもそもニュートンが七色にわけたその光も、プリズムという名の三角形のガラスの多面体によってつくられたものだったわけだから、今の雨と夜と希望うんぬんの話は忘れていい。というか、今すぐ忘れろ」

と、井上くんがどこかイライラとした調子でそう言っても、もちろん詠子は忘れなかった。むしろ、井上くんが言いわけとしてつけ足したその情報が、詠子にはとてもありがたかった。ガラスが、太陽や水晶と同じように虹をつくれるのだという事実こそが、詠子にとっては希望だった。しかし、通話をつないだままでは、そのことを井上くんに文字で伝えることはできなくて、詠子にはそれが、とてももどかしかった。

そして詠子のその無言の向こうで、井上くんはふっきれたように、そのままイライラをまきちらす。

「ああ、もう。いいか、俺がおまえに通話したとか、絶対誰にも言うなよ！　特に宇治原には！　あいつ、すぐベラベラしゃべるからな。メビウスとかでしゃべられたらこまる！」

それで詠子は、ああ、と納得する。

なるほど、きっと井上くんは宇治原くんから、今日、詠子に会ったことや詠子のようすを伝え聞き、心配してこうして電話をかけてくれたのだろう。そんな井上くんの行動について、詠子が今後、どんなに意地悪く話してみたところで、誰もが井上くんをやさしい人だと感じるだけだとは思ったが、メビウスの名前が出たことで、井上くんのあせりの理由に合点がいった。

おそらく井上くんは、メビウスの会の常連のひとりである、料理部の竹藤さんに、このことを知られたくないにちがいない。井上くんは、竹藤さんからノートを見せてくれたお礼のアップルパイを受け取った時、とてもうれしそうにしていた。そんな竹藤さんに、井上くんは詠子にもやさしいのだと、思われたくないのだろう。

それを思うと、詠子はほほえんだ。

初めてメビウスの会が開催されたのは、詠子が井上くんに、ニュートンになってほしいと告げた次の日だった。そしてそこで詠子は、琴音さんにいただいた星生み言珠紙をねじってメビウスのわっか状にしたものをみんなにわたし、それを井上くんへの感謝の証しとした。みんなの感謝が井上くんに届くようにと、星に願うようにその紙をつかった。

詠子が井上くんに、みんなのニュートンになってほしいと願ったわけは、ニュートンが歴史上において、数学という学問を人々の生活に役立つ実学にした立役者だったからで、詠子の苦手科目だった数学のおもしろさと必要性を、詠子に教えてくれた井上くんは、その時からすでにもう、詠子のニュートンだった。

その後、井上くんは詠子の願ったとおり、みんなのニュートンになり、そして今も、詠子のニュートンであり続けてくれている。だから詠子はその後、井上くんが、「じゃあ、そういうことだから！」と、とても乱暴に通話を終了した時も、少しもいやな気持ちがしなかった。井上くんの言葉づかいが乱暴になりがちなことは、井上くんの長所ではないけれど、それが隠れるほどにはもう、詠子は井上くんと十分、言葉と時間を重ねていた。

そして、詠子がそう思える相手は、井上くんだけではなかった。その日、詠子がまぶたの裏に虹を思い浮かべながら眠りにつくと、次の朝、詠子の携帯には、

〈本日夕刻、河原にて待つ。必ず来れし〉

という、まるで果たし状のような文言が、ばなちゃんから届いていた。

ばなちゃんこと橘明音ちゃんは、中一と中二で詠子と同じクラスになり、部活も詠子

と同じタロット同好会に所属している、詠子のとても親しい友人のひとりだった。今は諸事情により、学校にはほとんど来ていないものの、ばなちゃんもメビウスのメンバーで、しいちゃんとも仲がよい。詠子とあまりに活動範囲がかぶっているばなちゃんは、詠子の中学生活にとって、かけがえのない人物だった。

そのため詠子は、そんなばなちゃんからの誘いにすなおに乗って、もちろん行く、と返事を打つと、続いてばなちゃんから端的に送られてきた指定時刻の少し前に、家を出た。

しかし、いざ河原にさしかかった時、詠子の耳に届いたのは、ばなちゃんの声よりも、もっとなつかしい人の声だった。

「ちょいと、そこのお嬢さん。おこまりかな?」

愛らしい声にそぐわない、中年男性のような言いまわし。華の女子高生で、こんな話し方をする人を、詠子はひとりしか知らない。

そう確信を持って声の方にふりむくと、そこには案の定、背後の川のみなもの光よりも、よっぽど輝いている、タロット同好会の先輩、ミヤオ先輩こと宮尾莉々子先輩が立っていた。ミヤオ先輩の髪は、いつのまにか明るいピンク色のショートヘアになっていて、高校の制服だと思われるスカートには、カラフルなワッペンがついている。靴も個性的なデザインの厚底スニーカーで、すべてがいかにもミャオ先輩だった。そして、まるで戦隊モノのリーダーのようにびしっと決めポーズをしているミャオ先輩のうしろには、ほかのメンバーもせいぞろい。すっとのびた背筋があいかわらず美しい犬飼先輩と、少し照れたような顔で立っている詠子の一年後輩の織田聡里ちゃん、そしてもちろん、詠子を呼び出してくれた張本人のばなちゃんもいる。

そんな四人に詠子がほほえむと、それぞれは少しほっとしたような顔をする。きっとみんな、詠子が笑顔を浮かべることもできない状態にあるのではないかと心配してくれていたのだろう。しかし、この虹のようなたのもしさをはなつ四人を前にすると、ほほえみは自然と出た。

すると、ばなちゃんが前に進み出る。

「久方ぶりだな、ことむー。呼び出してすまなかった。この大人数で家に押しかけるのは迷惑かと思い、こういうかたちをとった。勝手に人を増やして申しわけない。不器用な私では、今のことむーに適切な言葉を届けられないと思い、私と対照的な人間を召喚させてもらった」

ばなちゃんの言葉に、となりでミャオ先輩が盛大にずっこける。

「召喚て！　仮にも先輩なんですけど！　ま、いいけど！　てか橘、種明かしふつうすぎない？　私、古都村にもっと運命的に出会う設定を想定してたんですけど！　ピンチの乙女を救うスーパーヒーローのように！」

「はあ。じゃあ、どうぞやりなおしてください」

「うん、ありがと。って、いや、もう無理だわ！」

あいかわらずミャオ先輩はまっすぐに明るくて、詠子はまた笑ってしまう。しかし、そんなミャオ先輩の明るさが、いつもより少しだけ多めにプラスされていることを感じて、詠子はそのやさしさに感謝した。

すると、そのままのテンションでミャオ先輩は、ミャオ先輩とばなちゃんのかけ合いを無表情で見ていた犬飼先輩に声をかける。

「よし、犬飼。ここはもうぱぱっと本題だ。例のブツを、彼女にわたしてくれたまえ」

すると犬飼先輩は、こくりとうなずいて、肩にさげていたトートバッグからなにかを取り出す。そして、無表情をくずさぬまま、それをすっと詠子にわたした。

それは一見なんとも不思議なものだった。

一本の太い筆の先に、なにやら刺繡がほどこされた白いハンカチがふんわりと、風呂敷のように結びつけられていて、風呂敷は中になにかが入っているかのようにふくらんでいる。その構図には、どこか既視感があって、詠子は一瞬首をかしげたあとに、ああ、とその正体に思いあたった。そして、詠子の表情でそのことをさとったらしいミヤオ先輩は、ふふんと得意げにうなずく。

「そう、おぼえていたかね、古都村。実は、かくいう私もおぼえていたのだよ。私があの日、君という少女を初めて占った時に出た、このカードのことを……！」

と、ミヤオ先輩はそう言うと、おおげさに天を仰いでみせる。

詠子はこくり、とうなずいた。

あれは、詠子が中学に入学して少ししたころ。入学当初、いろいろな事件が起こったことでばたばたとしてしまい、部活に入りそびれていた詠子は、放課後、廊下でミヤオ先輩に声をかけられ、このタロット同好会に入った。その時、ミヤオ先輩は詠子の中学生活を占い、その中で詠子の未来をよいものに導く「対策」のカードとして出たカードが、タロットの中でも０番の番号を持つ「愚者」のカード。

愚者のカードは、まさに今、犬飼先輩がわたしてくれた筆のような長い棒の先に、布でくるんだ小さな荷物をひっかけたものを肩にのせている人間の絵のカードで、人が自由に旅に出るようすを表している。

あの時、ミャオ先輩は、「バカになることも大事で、こわがらずに冒険するといい」と、そのカードを通じて、詠子の気持ちを軽くした。ミャオ先輩からするとそれは、詠子をタロット同好会に勧誘するための口八丁にすぎなかったのかもしれないが、詠子にはあの時、その言葉がとてもうれしかったし、ミャオ先輩がそのことをおぼえていてくれたことがまた、うれしかった。そして、ミャオ先輩が犬飼先輩といっしょに考えてくれたことを察するに、そのハンカチ風呂敷の中身はきっと――。

と、詠子がほのかに期待したとおり、犬飼先輩は詠子にわたっていたそのハンカチの結び目をそっとひらく。するとそこには、ちょうどタロットカードと同じくらいの大きさの紙が一枚入っていて、それを犬飼先輩は少しだけはにかんで、詠子に向けた。

そこには、愚者のカードを模した絵が描かれていて、しかしその愚者の姿は、詠子にそっくりなみつあみをした少女になっていた。その中で少女は、とてもすてきな笑顔を浮かべている。

「……ごめん、急いで描いたから、かんたんなスケッチになっちゃったけど」

犬飼先輩はそう言って、少し恥ずかしそうに視線を落とす。それで詠子は、ぶんぶんと首を横にふった。タロット同好会と美術部を兼部し、今は美大を目指す人が多い高校に通っている犬飼先輩は、昔から自分でオリジナルタロットを制作していて、その腕前には詠子もずっとあこがれていた。

するとそこで、横からまたミャオ先輩の声が飛ぶ。

「私のも！　私のも見て！」

と、白いハンカチを犬飼先輩の手からもぎとると、ミャオ先輩はそのハンカチを、詠子に向けて、ぱっと広げて見せる。ハンカチのまんなかには、

〈WE　LOVE　U!!〉

と、小さく、しかし、なんと虹色で刺繍がほどこされていた。

その文字の色を見て、詠子は卒業式で、ミャオ先輩が履いていたうわばきの、虹色の靴紐を思い出す。そして、思い出した瞬間、急に涙がこみあがり、詠子は唐突に、ぼろぼろと泣き出した。

とたんに、詠子の前で全員がおろおろとする。

「えっ！　え、ごめん、文字小さかったから？　ちがうんだよ、これにも一応意味があってだね、これは、どんなささいな人間関係にも、実は愛がつまってるという芸術的観点

から練られた実に凝ったデザインであって、だからほら、びっくりマークはふたつ！　ね！　てか、涙！　えっと、ハンカチ……。あ、これ、ハンカチ！」

と、あせったようすで、まさに今、手に持っていたそのハンカチで詠子の涙をふこうとしたミャオ先輩に、詠子はあわてて首をふり、自分の持っていたタオルハンカチで涙をふく。そして、すぐに携帯に文字を打ちこんだ。

〈ちがうんです。ありがとうございます。すごく、うれしいです。私、先輩たちが卒業しちゃった時、自分の本当に好きな進路にきらきら向かっていく先輩たちが、すごくまぶしくてうらやましくて、自分はこのままで大丈夫なのかなって、すごく悩んで。その時、犬飼先輩は絵筆のほうきに乗った魔法つかい、ミャオ先輩は魔法のじゅうたんに乗った魔法つかいみたいだなって思ったんです。だから、今、おふたりがプレゼントしてくださったこれが、ちょうど絵筆のほうきと、魔法のじゅうたんに見えて、そこに自分を乗せていただけたことが、すごくうれしくて、だから、うれし涙が出たんです〉

　急いで打ちこんで、でも、長くなってしまって時間がかかって、それでも四人は詠子の言葉を、ずっと待っていてくれた。そして、詠子の言葉をそれぞれが読み、皆がほっとしたようにうなずくと、犬飼先輩がそっと詠子の肩に手をおく。

WE LOVE U!!
THE FOOL

「そんな、かっこよいものじゃないよ。特に私は。古都村も、受験直前の悲惨な私、おぼえてるでしょ。もがきおぼれて、とても空なんて飛べていなかった。ただ、古都村よりちょっと前に生まれたから、ちょっと前に進んで見えているだけの生きものだよ、私たちは」

しかし、ミヤオ先輩は首をふる。

「いや、私はすばらしい生きものだよ。だから、大いにあこがれるがいいよ。そして、そのためには、ほら、古都村は少しくらい、愚者になった方がいい。深い思考を持てることは、古都村のとてもいとおしい長所であるけれど、同時に深すぎる落とし穴でもある。だからこれからは、落とし穴にはまったら、愚者になって思考の荷物を軽くして、浮かんでおいで。あの時、私が古都村をこの部に強引に勧誘した時のように、こうして古都村を引っぱり上げられる人間が、ここにいる」

そう言ってミヤオ先輩は、でんっと胸を張ってみせる。すると、そのうしろから、

「あ、あの！　私からも、いいですか」

と、この場にいる唯一の詠子の後輩、聡里ちゃんがずいっと手をあげたかと思うと、おずおずと詠子の前に進み出た。聡里ちゃんは、一度もじもじと下を向くと、緊張のためか少し涙ぐんだ目をあげて、詠子をまっすぐに見ると口をひらく。

「あの、先輩。私、最近、だいぶまた本が読めるようになったんです」

聡里ちゃんの告白に、詠子は目を見ひらく。

読書家の聡里ちゃんが、ディスレクシアである弟、律くんのことを思い、本が読めなくなったのはかれこれ一年以上前で、その後、聡里ちゃんの家族の関係性が少しずつ変わっていくとともに、聡里ちゃん自身も、また本を読めるようになっていたことは、聡里ちゃんの読書友だちでもある詠子も知っていた。

しかし、聡里ちゃんが今、改めてそれを口にした理由はほかにあったらしい。

聡里ちゃんは、きゅっと両こぶしをにぎると、続けた。

「っていうのも、最近、律がすごく楽しそうに夢中になっていることがあって、そういう生き生きしている律を見てたら、自分が読書できずにいることが馬鹿らしく思えるようになって、前ほど本を読むことが苦痛じゃなくなったんです。それで、その律が今、夢中になっていることっていうのが……」

聡里ちゃんが、にこっと笑う。

「ＤＴＭなんです」

詠子は、ふたたび目を見ひらいた。昨日、井上くんと話したばかりであったこともあって、頭の中でそのアルファベット三文字の略語が、すぐに元の言葉に展開される。ＤＴＭとは、デスクトップミュージック。主にコンピュータをつかって制作、演奏される音楽のことだ。そして聡里ちゃんは、詠子の表情を受けてうなずく。

「元々、去年、律が参加したサマーキャンプに、パソコンの編集ソフトをつかった動画制作の時間があって、律、それが楽しかったらしいんですけど、そのあと、ＤＴＭにはまるようになったきっかけは、去年の文化祭の、先輩たちの企画です。あの時、律、先輩たちの曲を聞いて、自分でもやってみたくなったみたいで、母にソフトをねだって少しずつ勉強を進めて、今年の夏休み、とうとう自分で一曲まるまる作曲することに成功したんです。別にたいしたことじゃないとか言いながら、鼻の穴ふくらませて、すごくうれしそうにしていました」

聡里ちゃんの言葉から詠子は、去年、詠子たちの文化祭をお母さんといっしょに見にきていた律くんのことをぼんやりと思い出す。小学生と思えないほど体格のよい律くんは、それでも年相応に緊張して表情がかたくなっていて、詠子たちのクラスの企画に、そんなに感銘を受けてくれているようには見えなかった。

しかし、聡里ちゃんは続ける。

「私にはＤＴＭのことはもちろんちんぷんかんぷんで、律のつくった曲がいいのか悪いのかも、正直よくわからないんですけど、でも、それが私にとっては救いになりました。律が、私にはわからないものに夢中になっているなら、私だって律が苦手なものに夢中になって悪いことなんてなにもないんじゃないかって思えたんです。そう思えたのは、先輩のおかげです。律がすぐに飽きるかもしれないと思って、先輩にはずっと言えてなかったんですけど、一曲完成させてもまだやる気にあふれてる律を見たら、これは夏休みが終わったら先輩にお礼を言わなきゃって思ったんです」

聡里ちゃんの気持ちがたくさんつまった言葉を、胸いっぱいに受けながら、詠子はそれでも首をふる。聡里ちゃんの「先輩のおかげ」という贈りもののような言葉にとても感謝しながらも、それでもやはり、今の話はすべて、聡里ちゃんと律くん自身の力によるものだと思わずにはいられなかった。

そんな詠子の思いを表情からくみとってくれたのか、聡里ちゃんは、さらに明るい笑顔で続ける。

「私、この夏休みもたくさん本、読みました。夏休みが明けたら先輩と話したいって思って、今日、おすすめたくさん持ってきたんです。やっぱり、本ってすごく癒やされます」

そう言って聡里ちゃんは、ずっと持っていた紙袋を、詠子にずいっとわたす。

詠子は、それをありがたく受け取った。

犬飼先輩の絵と絵筆、ミャオ先輩の刺繍入りハンカチ。聡里ちゃんからの本。

それらを受けて、詠子の手はずしりと重くなる。

しかしそれはまるで大切な愛犬をだいているかのような、いとしい重さだった。

そして、最後にばなちゃんが、少しだけいじけたように鼻を鳴らす。

「私は特にわたせるようなものは持ち合わせていない。そうだな、ポケットに入っていたこのチョコくらいだ」

そう言って、ばなちゃんは本当にポケットから一口チョコを取り出すと、聡里ちゃんがくれた紙袋に、それをぽんっと落とし入れる。しかし詠子にとっては、ばなちゃんがこうしてみんなをつれてきてくれたことがなによりものプレゼントで、ばなちゃんにそれをすぐに伝えられない自分ののどが、改めてもどかしくなった。ところがばなちゃんは、詠子がその思いを携帯に打ちこむ前に、ちらりと紙袋の中の本を見やると、一瞬考えるような間をとったあとに言った。

「読書ももちろん結構だが、私の本音としては、ことむーにはこれからも、私の脚本を豊かにしてくれる生きた物語を、たくさん狩ってきてほしい。私には思いつかない観点で見た世界を、部屋で待つ私に教えてほしい。引きこもりは、私の特権だ」

そう言って、ばなちゃんは赤くなった顔を隠すように横を向く。しかしそれによって、紅潮したばなちゃんの頰が、詠子には逆にしっかりと見えた。

ミヤオ先輩が笑う。

「あっはっは、いいね、橘、いい感じに自己中！　いいんだよ、古都村、好きにおし。橘くらい好きにしていいんだよ。人間、どうせ好きにしてたって苦しい時は苦しいんだから、好きにすることは別に恥ずべきことじゃないさ」

ミヤオ先輩の声は、いつもと変わらず明るく力強くて、しかしその言葉の奥には、個性的なミヤオ先輩がこれまで歩いてきた道が必ずしも平坦ではなかったことが垣間見える。それで詠子はぎゅっと、自分の腕の中の重みを抱きしめた。

このタロット同好会のメンバーは、言葉選びも語調も立場も、それぞれとても個性的で、言葉が、言い方や伝え方からもとても影響を受けるものなのだということを教えてくれる。同じことを伝えようとしても、手段や単語や語尾やその人のキャラクターや立場が少しでも異なれば、言葉の印象は大きく変わり、そして受け手の状況次第でもまた、その印象と意味は幾通りにでも姿を変える。よかれと思って伝えようとしたことが、時に異様に人を傷つけることもあり、言った本人がおぼえてもいないなにげない一言が、相手の心にいつまでも残るようなことがあるのも、その誰もが予想しえない化学変化が、ひとつひとつの言葉に宿っているからにちがいなかった。

言葉屋が言葉そのものをあつかわないのは、あつかわないのではなく、あつかえないから。それを、自分はこのメンバーから、二年半の間に強く深く教わったのだと、この日、詠子は改めて思い知った。

次の日、詠子は図書館に行った。

読む本は、聡里ちゃんから借りたものがたくさんあったけれど、まだ集中して読書をすることは難しく、それでも聡里ちゃんの「本はやっぱり癒やし」という言葉に導かれて、久しぶりに図書館で本の香りをかぎたいと思った。図書館で背表紙を見ているだけでも、読書のような高揚感は得られると、詠子の鼻はおぼえていて、その感覚を望めるほどには、詠子の勇気も回復していた。

図書館に入り、総合受付のところに立っていた、おばあちゃんあこがれの司書さん、田中真子さんに笑顔で会釈をすると、真子さんはやわらかい笑顔で詠子に手をふりかえしつつ、詠子に声をかけることはなく仕事にもどる。それで詠子は、真子さんとは逆方向に歩いて、図書館を徘徊した。

総合受付の横には、詠子が中一の終わりの春休みに、語くんたちと会議を重ねた会議室があって、ほかにも図書館の中には机やいすがところどころに設置されている。詠子たちの町のこの図書館は、図書館としてはとても大きく、まるで本の博物館のようで、詠子はこの場所の空気がとても好きだった。

ただ、図書館で出会えるものは本だけではない。図書館にはいつもいろいろな人がいて、平日の朝という利用者の少ない時間帯であっても、詠子はその人に出会うことができた。そして詠子がその人を見つけると、その人も視線を感じたのか、すぐに顔をあげた。

その人は、半年ほど前にこの図書館で知り合ったばかりの少女、松本輝良里ちゃん。輝良里ちゃんとは、春に言葉を交わして以来、かんたんな会話しかしていない。こうして図書館で行き合った際も、先ほどの真子さん同様、遠目で軽くあいさつをすることはあっても、互いに深く踏みこむことはなかった。

それで今回も、輝良里ちゃんは詠子に軽く手をあげると、そのまま読んでいたぶあつい本に視線をもどそうとして、しかしすぐに、その視線をまた詠子に向けた。

そしてじっと詠子を見つめると、いくぶんか悩むような顔をしたあとに本を閉じ、詠子に近づく。そして、輝良里ちゃん特有の、近づきすぎない絶妙な距離をとると、詠子をまっすぐに見つめたまま、小声でたずねた。

「……どうした？」

少しかすれたその声を聞くなり、詠子はいたたまれなくなる。輝良里ちゃんが一生懸命生きていることを知っているからこそ、ストレスで声が出ないなんて知られたら、輝良里ちゃんに軽蔑されるような気がして、こわかった。しかし、すんでのところで思いとどまって、詠子はなんとか目をそらさずに、輝良里ちゃんと目を合わせる。

そんな詠子に、輝良里ちゃんは不審そうにまゆをよせると、首をかしげた。

「いや、ごめん、おせっかいはしたくないんだけど、ちょっと顔色悪そうに見えたからさ、前、あたしがたおれた時の恩を返せるなら返しときたいって思ったんだけど、でも、そういうんじゃ、ない？　ある？」

輝良里ちゃんらしいシンプルな問いかけに、詠子は自分がどちらの立場であるのかわからず、うなずくことも首をふることもできなくて、結局、ポケットから携帯を取り出すと、打ちこんだ文字を輝良里ちゃんに見せる。

〈今、声が出ないの〉

その文字を見た輝良里ちゃんは、一瞬だけおどろいたような顔をすると、すぐに真顔で詠子の全身にさっと視線を走らせる。そして、輝良里ちゃんなりに詠子の状態を推測した結果、答えが出たようで、輝良里ちゃんは言った。

「場所、変えようか。ちょっと、話せる？」

それでふたりは、最後に深く話した時と同じように、図書館の前の大きな桜の木の下の花壇のふちに、ならんですわった。

「まだ、あっちぃね」

腰を下ろすなりそう言った輝良里ちゃんの言葉どおり、図書館から出ると外の空気はまだむんわりとした質量をはらんで、さわがしく肌にまとわりついた。それでも木陰に入るといくぶんか快適で、たまに吹く風にほっとする。

「あーっと、それでさ、あたしは知ってのとおり、あんまりまわりくどいのは好きじゃないし得意でもないから、すぐ本題に入りたいんだけど、前提としてね、あたしは詠子ちゃんに同情だけはしたくないから、まず、詠子ちゃんの今の事情、聞かせて。勝手にわかって、勝手に想像したくない」

輝良里ちゃんの力強い言葉を受けて、詠子はあわてて携帯を取り出す。長くなりそうで時間がかかりそうであることを先に詫びようかと思ったけれど、やめた。輝良里ちゃんの覚悟がそれをいとわないことはもうわかっていたし、言わないことが信頼だと思った。

それで詠子は、なるべくシンプルにすることを心がけて、おじさんの病気をうまく受け入れられず、声が出なくなってしまったこと、そのことが恥ずかしく、どうにか打破したいと思っていることを、輝良里ちゃんに伝えた。

なるべく早く、かんたんに書こうとしてできあがった文章は、文字数にすると意外にあっけなく、感情を乗せられる余白も少なかったため、一見、まるでなんでもないことのように見えた。それが、詠子には悲しくて、でもそれが現実なのかもしれないとも悟った。客観的になって感情を切り落とせば、どんな悲劇も喜劇も、ひとつの事実でしかない。

しかし、感情を乗せなくとも、その言葉が旅立った先で感情が芽吹くことはあった。

輝良里ちゃんは、詠子の文章を読んでしばらくおしだまったあとに、詠子を見ずにうつむいたまま、ぽつりと言った。

「……うん。あるよね、自分の中から言葉を消したくなる時」

輝良里ちゃんの、その少し重い声に、詠子は小さく首をかしげる。

すると、輝良里ちゃんはぱっと顔をあげて、首をふった。

「や、ちがうな、わかるとかかんたんに言っちゃいけないことだし、あたしの言葉を消したい気持ちと、詠子ちゃんの声が出ない事実を乱暴にいっしょくたにしたくない。でも、もし詠子ちゃんの声に意思があるなら、それがちょっとあたしの気持ちにリンクした」

声に意思があるならという、輝良里ちゃんにしては夢想的な言葉に詠子は少しおどろく。

輝良里ちゃん自身も、少しとまどったように視線を泳がせた。

しかし、すぐに決意したように話しはじめる。

「なんていうか、言葉をつかうってさ、多かれ少なかれ、時計の針みたいに時間を進めるもんじゃん。誰かがなにかを言えば、会話が進む。自分の頭の中で考えるだけでも、気持ちを言葉にすれば、思考が進む。それって、ふつうはいいことなんだろうけど、時たまなんも進めたくなくなる時って、あるよね。単になにも考えたくないくらいつかれてる時とか、会話を続ければ、いやな事実にぶつかるんだろうなっていう予想がついている時とか。あたしの場合は、そのスイッチは昔から、人からの同情だった」

輝良里ちゃんのその言葉に、詠子は一瞬、ひるむ。

そのスイッチを、詠子は昔、押してしまったことがある。ただ、それを詠子がわかっていることを、輝良里ちゃんも知っているはずで、だからこそ、この話は最後まで聞かなければならないと思った。

輝良里ちゃんは、少しかわいた声でそのまま続ける。輝良里ちゃんの、色あせたぶかぶかのTシャツが風でなびいて、輝良里ちゃんの家のにおいが風に乗った。

「たとえば人からいやなことを言われたとして、それがシンプルな罵詈雑言なら、相手が一〇〇パーセント悪いって思えるから、ある意味、心の整理は楽。傷つかないわけじゃないけど、そのあと、相手の言葉がいくら自分の中でよみがえっても、相手がいけないんだ、相手の思想と心が貧しいんだってその都度納得できて、むしろなんなら優越感にひたれる。でも、それが同情になると……。相手に、やさしさと正義で満ちた目で、『あなたのために言ってるんだよ』なんて言われると、シンプルな罵詈雑言よりも、長い時間、心をえぐられる。やさしさとか正義は、責めたらこっちが悪者になる構図になるから、気持ちの行き場がなくなる。でも、その構図に閉じこめられながらも、心の奥では『あたしはあなたの自尊心を満たすためのアトラクションじゃない』『あなたの正義を完成させるためのピースじゃない』ってさけんじゃって、自分の中からわき出るその言葉にまた傷ついて、そういうことにつかれた夜とかは、お母さんのスマホ借りて、ゲームする」

ゲーム、とまた意外な言葉が輝良里ちゃんの口から飛び出して、詠子は輝良里ちゃんの次の言葉を待って、輝良里ちゃんを見つめる。

すると輝良里ちゃんは笑った。

「もちろん、無課金でね。て言っても、電気は消費しちゃうから本当はよくないんだけど、でも、パズルゲームとか数独とか、言葉をつかわないものにずっと集中してると、頭のしんがぼうっとなって、救われる時がある。パズルを一ピース動かすたびに、自分の中の言葉を消していけているような気になって、時間が止まったような、いやな明日なんかこないんじゃないかって思える時がある。もちろん我に返って時計を見れば、あたりまえに時間は進んでて、すごく無駄な時間を過ごしたっていう自己嫌悪で落ちこむんだけど、でもほんのちょっと自分の脳とか心を、現実から解放できた気にもなるんだよね。明日に向けて健全に眠るよりも、自分のどこかが癒やされた気になる。こういう言葉の消し方を、彫刻とか絵とか楽器みたいな芸術にぶつけられたら、芸術家への道がひらけるかもしれないし、料理とか陶芸とかでも職人になれるかもしれない。言葉を消すことで、熱中して技をみがけるもんね。でも、それをするにはどれもお金がかかるから、今のあたしには難しい。数学の問題を無心で解き続けるとかもポジティブな言葉の消し方だろうけど、それができるほどあたしは数学が得意じゃない。それで、どうしてももやもやしちゃう時は、手っ取り早く無料のゲームで言葉を消すんだけど、ああいうゲームって残念ながら、やってるだけじゃゲームプログラマにはなれないんだよね」

輝良里ちゃんはそこで少し笑うと、自分の中で言葉を吟味するような時間をとってから、改めてその結果を声に乗せる。

「あたし、この夏休みが終わる直前に、一晩中、ゲームしちゃったんだ。二学期がはじまるのがこわくて、眠ろうとするとなんで二学期がいやなのか、自分の中から見たくない言葉がどんどん浮かんできて眠れなくて、眠ればまた一日、二学期に近づいちゃうのがこわくて、その夜はどうしても、スマホが手放せなかった。無課金でできるゲームアプリをいくつもはしごして、ずっとずっと没頭して頭の中の言葉を消して、明け方、お母さんが起きてきそうな気配がして、やっと手放せた。で、クマができた自分の顔を見て、あ、あたし、この沼にはまったらやばいなって思って、それで次の夜、ゲームアプリ、ぜんぶ消したんだ」

そこで輝良里ちゃんは、その時のことをまざまざと思い出しているかのように、ふーっと長く息をつく。

「言葉を消したい、時間を止めたいって、すごく強い誘惑。けど、ありがたいことに、夏休みに読んだ本の中に、マシュマロ・テストっていう実験の話があって、それが、なんとかあたしの心のよりどころになった。知ってる？　マシュマロ・テスト」

首をふった詠子に、輝良里ちゃんは少し得意げな顔で続ける。

「子どもにね、マシュマロとか、その子が好きなおかしを見せて、『十五分、このマシュマロを食べるのをがまんできたら、もう一個あげるよ』って言ってから、子どもを、そのマシュマロ以外なにもない部屋にひとりにするんだって。で、本当に十五分食べずにがまんできたら、合格っていうテスト」

詠子は、輝良里ちゃんが話してくれたその状況を想像して、まゆをさげる。小さな子にとってその状況は、とても苦しくつらい時間だろうと想像できた。そんな詠子の顔を見て、輝良里ちゃんは笑う。

「これ、四歳で合格できる子は、三十パーセントくらいしかいないらしいんだけど、でも、何十年にもわたって追跡調査した結果、その三十パーセントの合格者は、その後、いい人生を送る人が多かったっていう結果が出たんだって」

マシュマロと小部屋と十五分というスケールから、急に話が堅く広がって、詠子は目をむく。そんな詠子の微細な表情の変化を楽しむように、輝良里ちゃんはにやりとした表情で続けた。

「いい人生ってなんだよって話だけど、一応、基準がいくつかあって、えーっと、なんだっけな。そう、ドラッグとかギャンブルへの依存が少ないとか、肥満が少ないとか、勉強の成績がいいとか出世が早いとか、そういうまあ、『一般的な』いい人生。どれも誘惑に負けずに、がまんと努力ができるかどうかが根底にあって、そういうことができる人は、人からも信頼されやすいから出世が早いんだろうっていうことらしい。って、そんなん、四歳の時の十五分のマシュマロのがまんなんて関係ないでしょって、読んだ時は笑っちゃったんだけど、あとでまた読みかえしたらさ、意外にそうでもないかもしれないって思ったんだよね。なんか、人ががまんする時って、脳の……えーっと、前頭前皮質、だったかな、そこの働きが影響するらしくて、小さいころからきちんと目的を持ってがまんをする練習しておくと、脳のその部分が発達するんじゃないかって説があるんだ。もちろん、ストレスを感じすぎると、逆に脳が萎縮しちゃうからダメなんだけど、落ちついて冷静な対処を重ねられれば脳を鍛えられる。だから、あたしはもう四歳じゃなくて十四歳だけど、今からでも練習すれば、もしかしたらちょっとは脳がいい感じになって、将来のあたしを助けてくれるかもしれないって思った」

そう言って輝良里ちゃんは、まるでその将来が見えているかのように、正面を見すえる。何度も不安そうにゆれながらも、強くまっすぐに前を向くその横顔が、詠子にはとても美しく思えた。

しかしそこで輝良里ちゃんは、ふっと息をはいて肩の力をぬく。

そして、詠子を見ると笑った。

「なんて言ってもさ、やっぱり楽な方に流されたくなるし、マシュマロの十五分ならがまんできても、叶うかわからない夢のために十年とか二十年待たなきゃならないってなったら、話は別だよね。マシュマロ・テストはテストだから、十五分後になれば絶対もう一個もらえるけど、人生はそうじゃないし。けど、まあこの話があたしには、ちょっと心の支えになったってのは事実。でね、その本に、マシュマロ・テストで十五分待つのがどうしてもつらくなったら、マシュマロを見ないようにすればいいっていうコツが書いてあったんだ。マシュマロを見てるとどうしても食べたくなるけど、目をつむるとか、うしろ向いて歌でも歌うとかすれば、意外になんとかなるらしくて。確かにそうだなって思った。だから、あたしもそれ、実践したの。あたしの場合はつまり、ゲームのアプリをぜんぶ消したってこと。ま、もちろん、もう一回ダウンロードしようと思えばできるんだけど、幸か不幸か、あたしは自分専用のスマホもないし、見ないようにするのはわりと楽」

　輝良里ちゃんは、おどけたように両手をひらいて肩を軽くすくめる。そしてもう一度息をつくと、また少しこまったように目を泳がせてから、首のうしろをかいた。

「とか言って、とりあえず、詠子ちゃんの前だからかっこつけてそう言ってみてるけど、ごらんのとおり、あたしは今日、学校サボって平日の朝から図書館にいて、なんでも一〇〇パーセントがまんできてる超人じゃない。ちょいちょい息ぬきしてる、ふつうの人。そもそも、なんでもがまんすりゃいいってもんじゃないし、いい人生なんて人それぞれなんだから、みんながみんなマシュマロ・テストに合格する必要なんてないとも思う。けど、あたしが今、目指している人生には、マシュマロ・テストに合格した人が持ってる資質が必要だと思ってて、だからあたしは今、そのガイドラインにそって生きてみてるってだけ。それが、今のあたしには助けになってるってだけ」

　そう言って笑った輝良里ちゃんの表情は、明るいようで奥深く、詠子はその輝良里ちゃんの表情を見ながら、この夏が輝良里ちゃんをさらに大人にしたことを悟った。

それが輝良里ちゃんの幸せに直結する「よいこと」なのかどうかはわからない。ただ、輝良里ちゃんが自分で獲得したその「心の支え」が、過去の輝良里ちゃんがこの場所で必死に本にかじりついてきたからこそ得られたものであることは確かで、その事実を前に、詠子は心の奥に灯るものを感じた。

と、詠子が勝手に輝良里ちゃんの横顔の奥をのぞいていると、その横顔がまたばっ、と詠子を向き、詠子はそのまっすぐな瞳にふたたびつかまる。

自然と、詠子の背筋はのびた。

輝良里ちゃんは、続ける。

「だからさ、なんかうまく言えないけど、今、詠子ちゃんの声は、詠子ちゃんを守ろうとして詠子ちゃんの時間をなるべく止めようとしてるんだと思うから、それを全否定する必要はないと思う。けど、もしさ、本当にまた時間を進めたくなったら、あたしみたいに『誘惑を見ないようにする』って方法もあるかも。って、声は元々見えないんだけどさ、『声を出さない』ことを見ないようにするってことは、つまり自分が声が出ないことを意識的に忘れて、ふつうに人に会って、筆談とかになるべく頼らないで『声が出ているふうを装う』ってこと……かも？　って、なんかややこしくなっちゃったけど」

そう言って輝良里ちゃんは照れたように笑って、立ち上がる。

「ま、詠子ちゃんはもう、こうして出歩いているわけで、釈迦に説法だよね、ごめん。あたし、あいかわらず、ふだんあんまり人と話してないからさ、久しぶりに詠子ちゃんと話して、つい、なんか自分にしか言えないこと言いたいってかっこつけたくなっちゃって、いろいろべらべらえらそうなこと言っちゃった」

どうやら輝良里ちゃんが今、立ち上がったのは、自分の発言に自信がなくなってきたからだったようで、詠子はあわてて輝良里ちゃんの服のはしをつかむ。そして、今の自分の気持ちを携帯に打ちこもうとした。

しかし、それが今の輝良里ちゃんのアドバイスにあまり合っていないことに気づくと、詠子は声の出ない口を動かし、ジェスチャーや空中に文字を書く仕草もまじえて、懸命に輝良里ちゃんに、伝えた。

「え？　えーっと、『あ・い』？　ちがう？　あ・り……。あ、『ありがとう』、か。うん。ん？　え、なんだろ。ぱくぱく？　ふわふわ？　……あ、マシュマロ？　うん。え、マシュマロ、お・ん・ど？　マシュマロ音頭？　ちがう？　『こ』？　あ、今度！　マシュマロ、今度、た・べ・よ？『マシュマロ、今度、食べよう』？」

ようやく一文、輝良里ちゃんに伝わったところで、輝良里ちゃんは一度目を点にすると、すぐに声をあげて笑った。

「って、食べるんかーい！」

そしてひとしきり笑ったあとに輝良里ちゃんは、首をふって、

「や、わかるよ。うん、そうしよ。また話そうよ。今度は、マシュマロでも食べながら。ちょいちょい息ぬきしながらさ、がまんするべきことがまんしなくていいことについて、意見交換しよ」

それから輝良里ちゃんは、もう一度図書館にもどり、詠子は家に帰ることにして、別れた。図書館の中にもどっていく輝良里ちゃんのせなかを見ながら、詠子は自分ののどに手をやる。

そして、輝良里ちゃんがこれまで、「声が届かない」ことで、どれだけのくやしさをおぼえてきたかを思った。物理的にではなく比喩的に、声をあげてもあげても、まるで透明人間のようにあつかわれて声を聞いてもらえない人や、そもそも声を発していることに気がついてもらえない人、声をあげる気すら起きなくなってしまっている人は、この世の中

にたくさんいる。それを、詠子はこれまで、輝良里ちゃんからだけでなく、いろいろな人から教わってきた。

そして今、輝良里ちゃんは、自分や家族の声を届けるため、小さな体で一生懸命歩いている。本当は一生懸命にならなければならないこと自体がおかしいというのに、その理不尽さを知りながらも、真正面からその壁に挑んでいっている。

それを、他人事だと横目で見て忘れるのか、勇気をもらって自分も立ち上がるのか、それは人それぞれで、でもだからこそ、詠子は自分の好きな方を選択したいと思った。いつか輝良里ちゃんと、クッションのように大きな、大量のマシュマロにかこまれながら、楽しくおしゃべりがしたいと、そう、思った。

と、その時、詠子の携帯がまた意外な人からのメッセージの着信でゆれた。

〈詠子ちゃん！　今、どこ！〉

そして詠子は、その活字からすらも、強い目力があふれてできそうなそのメッセージの送り主に呼び出され、その日の放課後は、また近くの河原で待ち合わせとなった。

「あ、詠子ちゃーん！」

その後詠子が、指定された時間に指定された場所へとおもむくと、土手の中腹から、す

らりと背の高いひとりの少女が、詠子に向かって両手を大きくぶんぶんとふった。

それは、制服姿の青木花蓮ちゃんで、以前詠子は、ちょうどこの土手で、花蓮ちゃんと将来の夢について話し合ったことがある。夏休みの前半にイタリアで活躍したコンパクトミラーをプレゼントしてくれた相手でもある花蓮ちゃんに、詠子は笑顔で手をふりかえす。

しかし、その横に、同じく制服姿でむすっとした表情で体育ずわりを続けている人物を見つけて、詠子のまゆのはしは下がった。

その人こそ、先ほどのメッセージの送り主。花蓮ちゃんと同じく詠子と同じ小学校の出身で、去年の詠子たちのクラスの文化祭企画の立役者でもあるその人は、今日も今日とて見目麗しく、去年ばっさりと切ってベリーショートにした髪は、今は肩上くらいまでのび、かわいらしいボブ・スタイルになっている。

「え、あれ、瑠璃羽？　詠子ちゃん、きたよ？」

と、花蓮ちゃんがその人の名を呼ぶと、その人こと瑠璃羽ちゃんは、ぶすっとした顔のまま、渋々といったようすで立ち上がり、花蓮ちゃんとともに詠子に合流する。

そして、詠子の前に立つなり、詠子をきっ、とにらみつけると、言った。

「ちょっと、詠子ちゃん！　私、語くんにふられたんだけど！」

そのあまりに唐突な告白に、詠子が目を点にすると、そのとなりで花蓮ちゃんもおどろき、瑠璃羽ちゃんを見る。

「ええ？　瑠璃羽、話って、そっち？」

すると瑠璃羽ちゃんは、まよいなくうなずいて、詠子をぱっちりとした目で見つめたまま続ける。

「それ以外なにがあるっていうの、もう！　私！　夏休み前に語くんに告白して、『好きな人いるから』って、あっさりふられた！　一秒も、一瞬も悩んでくれなかった！　くやしい！　『好きな人ってだれ』なんて野暮なこと、私、聞かなかったけど！　でも、語くんめっちゃその人のこと好きーって顔してた！　それ、絶対詠子ちゃんじゃん、詠子ちゃん、ずるい！」

めずらしく子どものように駄々をこねている瑠璃羽ちゃんの姿に、詠子はただただおろおろとする。たとえ今、声が出たとしても、なんと言えばいいのか、みじんもわからなかった。

ただ幸いなことに、花蓮ちゃんがかわりに受け止めてくれる。

「ちょちょちょ、瑠璃羽、どうしたどうした。それ、夏休みでだいぶ気持ちに整理がついたって言ってなかった……？」

「ついた！　だって、つけるしかないじゃない、受験勉強もしなきゃいけないのに！　だから私、私の人生のシナリオにとっていちばんいい選択肢の、『好きな人の幸せをそっと願う』を選んで、なんとか心を落ちつけたの！　それで二学期はじまったら、学校帰りの夕方の河原でその人の幸せを思ってたそがれて、で、そこに偶然通りかかった詠子ちゃんに切ない顔で笑いながら、詠子ちゃんに語くんのよさを伝える大人な私を演出！　それでかっこよく終わりにするはずだったのに、なんで詠子ちゃん、学校来てないのよ！　河原、歩きなさいよ、夕暮れ時に！」

実際には昨日も一昨日も、詠子は夕方にこの河原に来ていたのだが、そういう問題ではないのだろう。それで詠子は、ますますなにを発すればいいかまよう。

いつもとちがい、こうして子どものようにめちゃくちゃを言っている瑠璃羽ちゃんの姿が意外すぎて、ただやがて、それは瑠璃羽ちゃんなりの気遣いなのだと思いいたった。詠子への心配をすなおに口に出せず、気持ちがねじくれまがってしまった結果、こうなったにちがいない。その証拠に、瑠璃羽ちゃんはそこで息をつくと、トーンダウンして続けた。

「だから、私もう、詠子ちゃんと語くんの恋のアシストはしないから。語くんと、詠子ちゃんのいいところ語り合って、語くんに、『ああ、瑠璃羽って、友だち思いのいい子なんだな』って思わせる作戦とか、もう絶対しないから」

言い放つ瑠璃羽ちゃんに、花蓮ちゃんは目を白黒させながら、必死につっこむ。

「ん？　や、それ、全然アシストじゃないじゃん、瑠璃羽、バリバリ自分でシュート打ちにいこうとしてんじゃん」

しかし瑠璃羽ちゃんは気にせず、続けた。

「万が一、今後、詠子ちゃんの好きな人にどっかで会っても、その人にも詠子ちゃんのいいところなんて伝えないから」

「えっ、詠子ちゃん、好きな人いるの？」

「詠子ちゃんが、いつも冷静にまわりを見てることとか、誰にでもていねいで一生懸命なところとか、意外に自分の芯がぶれなくて頼りになるところとか、そういうところが昔からずっと変わらないどころかパワーアップしていってて、でも、全然えらそうにしてないところがかっこいいとか絶対言わないから」

「え、や、瑠璃羽、言ってる言ってる……って、今はいいのか。って、え、なにこれ。瑠璃羽、あたしたち、さっきからなにしてんの？」

「詠子ちゃんが、私の呪い、二回もといてくれたことにも、もう感謝なんかしないから」

「……呪い？」

と、そこで、花蓮ちゃんの声が止まり、その声と言葉は、詠子の気持ちにぴったりと重なる。花蓮ちゃんも、思わず詠子と目を見合わせて、それからふたりそろって、瑠璃羽ちゃんを見やった。

すると瑠璃羽ちゃんは、表情と声の温度を、少しも変えずにうなずく。

「忘れたの？　一回目は、五年生のちょうど今ごろ。二回目は去年、私が髪を切った時」

それで詠子は、すぐに瑠璃羽ちゃんが言っていることに思い当たる。

五年生の時、詠子はふたりと同じクラスで、当時、「服装のおしゃれ」に夢中になっていた瑠璃羽ちゃんは、おしゃれの魅力や大切さを説くがあまりに、同じく同じクラスであったしぃちゃんを傷つけてしまったことがあった。瑠璃羽ちゃんはそのことをずっと気にしていて、去年、瑠璃羽ちゃんがヘア・ドネーションのためにばっさりと髪を切った際、詠子立ち合いのもと、しぃちゃんに改めてそのことをあやまっている。その時も瑠璃羽ちゃんは、詠子がそのふたつの場にいてくれたことに感謝していると言ってくれていたが、それが「呪いをとく」ほどの大ごとだったとは認識していなかった。

それで詠子は、おそらく瑠璃羽ちゃんの言葉に少しもぴんときていないようすの花蓮ちゃんの横で、同じく首をかしげる。すると、瑠璃羽ちゃんはずっと怒気に満ちていた声調を、やっと鎮めて静かに語った。

「私、五年生の時に服のことで、しぃちゃんにいやなこと言っちゃったことが、ずっと苦しかった。自分が人にかけた言葉だったのに、呪詛返しみたいに自分に返ってきて、あの時、ああいうふうに言っちゃった自分のことが、何年たっても許せなかった。あの時言っちゃった自分の言葉が、ずっと自分を汚れたものにしていて、人を傷つけた『悪者の自分』を受け入れられなくて、ふとした瞬間にあの時のことが頭によみがえって、そのたびに、自分がすごくいやな人間であること思い知らされて、つらかった。でも、私が悪かったってわかってるから、つらがることすら許されないんじゃないかって苦しかった。けど、あの時詠子ちゃんはすぐに、組紐でクラスの雰囲気を直してくれて、しぃちゃんの気持ちも明るくしてくれて、それで少し救われた。あの時、詠子ちゃんがそうしてくれなかったら、私、もっとひどい呪いを受けてたと思う」

そう言って瑠璃羽ちゃんは、ポケットの中から、当時詠子が提案し、みんなにつくり方を伝えた組紐を取り出す。瑠璃羽ちゃんが持っている虹色の組紐は、あの時、五年二組がおそろいで持っていたもので、詠子は瑠璃羽ちゃんがまだそれを持っていたことにおどろいた。しかし同時に、その組紐をすてられないくらい、あの時のことは瑠璃羽ちゃんにとって、本当に大きなことだったのだと思い知らされる。

花蓮ちゃんも、瑠璃羽ちゃんの言葉で一連のできごとを思い出したようで、ああっと納得するようにうなずいたあとは、おろおろと心配そうに瑠璃羽ちゃんを見ていた。

けれどいつだって、瑠璃羽ちゃんはまっすぐで、強かった。

瑠璃羽ちゃんは、組紐をポケットにしまいなおすと、さらに続ける。

「それでも、私、その呪いでずっと苦しかったから、去年、詠子ちゃんに手伝ってもらって、しぃちゃんにあの時のことあやまる機会をもらった。あの時、しぃちゃんに許してもらえたのも、詠子ちゃんがいたからだったと思う。詠子ちゃんが緩衝材になってくれなかったら、だめだったかもしれない。あの時、私、許されるって、すごいことだと思った」

瑠璃羽ちゃんが、そこでぎゅっとこぶしをにぎる。

つめが手のひらに食いこんでしまいそうなほど、にぎりこむ。

それを、花蓮ちゃんは、じっと心配そうに見つめている。

瑠璃羽ちゃんは、言った。

「子どものころは、悪いことをしても『ごめんなさい』って言えば必ず許してもらえるんだって、なんにも疑わずに信じてた。でも本当は、許されないことって、結構ふつうにあるのかもしれない。許しちゃいけないことだってある。だからこそ、許されるってすごくありがたいことで、あたりまえだと思っちゃいけない。私はあの時、しぃちゃんに許してもらえて、やっと三年間の呪いから救われた。あの時から私、体が軽くなって自分の人生に没頭できるようになったの。完璧にじゃないけど、自分の汚れが落ちて、もう一度自分のこと信じてみようって思えるようになった。だから、しぃちゃんにはもちろん、詠子ちゃんにもすごく感謝してる」

ずっとどこか演技をしているようだった瑠璃羽ちゃんの声が、いつのまにか、いつもの真剣な瑠璃羽ちゃんの声にもどっている。

それは瑠璃羽ちゃんの、詠子ひとりだけに向けられた演説だった。

「詠子ちゃん。私、詠子ちゃんの今の状態が呪いなのか魔法なのか、病気なのか休憩なのか知らない。今、詠子ちゃんがどんな気持ちなのかわからない。でも私、どうしても詠子ちゃんに、詠子ちゃんがこれまで歩んできた道の中で救われた人がここにいるんだってことを伝えにきたかった。ありがとうを、伝えにきたかったの」

そう言い終わると、瑠璃羽ちゃんはきゅっとくちびるを結んだ。

それが瑠璃羽ちゃんの演説の終わりの合図だと、瑠璃羽ちゃんのことをずっとそばで見つめてきた花蓮ちゃんには、すぐにわかったのだろう。花蓮ちゃんは、そこで、ぱっと瑠璃羽ちゃんの右手をとると、先ほどよりも数トーン明るい声で、話を受け継いだ。

「あたし、あたしも！　詠子ちゃんに見せたいものがあるの。ねえ、見て、瑠璃羽のつめ！」

その声に視線を導かれるように、詠子は瑠璃羽ちゃんのつめを見る。

花蓮ちゃんが詠子に見せているその瑠璃羽ちゃんの右手の小指には、目のさめるような瑠璃色をベースに、白い小さな蝶が舞う美しいネイルがほどこされている。瑠璃羽ちゃんのつめは短いままで、その小さいつめに、一見で蝶とわかるデザインができる花蓮ちゃんの腕前に、詠子は純粋におどろいた。目を大きく見ひらいて花蓮ちゃんを見ると、花蓮ちゃんはくすぐったそうに笑う。

「学校あるから、とりあえず小指だけですぐまた落としちゃうんだけど、でもこれ、あたしの自信作。あたしからもね、ありがとう、詠子ちゃん。詠子ちゃんのおかげで、あたし、今、堂々とした気持ちで瑠璃羽といっしょにいられる」

そう言って、花蓮ちゃんは詠子に向かってピースする。

ちらりと瑠璃羽ちゃんを見やると、瑠璃羽ちゃんは真顔でただうなずいて、ふたりが以前よりももっと腹をわって話せる関係になっていることを、そのまなざしで教えてくれた。

それで詠子は、ほっとして笑う。

よかった、というその気持ちが笑顔に乗ったのかもしれない。それを見た花蓮ちゃんがほほえみかえしてくれた瞬間、瑠璃羽ちゃんがまた先ほどの演技にもどった。

「ちょっと！　なに人のことでほっとしてほほえんでるの！　さっきの私のいいセリフのところでその顔をすべきでしょ！　もうほんっと、そういうところよ、詠子ちゃん！」

そう言いながらも瑠璃羽ちゃんは、そのあと詠子が何度も口パクで「ありがとう」と口にすると、花蓮ちゃんとほっとした表情で顔を見合わせ、同じように笑った。そして、

「じゃ、私たち帰るけど、詠子ちゃんが来ないなら、私たち、また来るんだからね！」

と、別れ際まで、自分で設定したそのキャラクターを守りきると、花蓮ちゃんとふたり、足並みをそろえて帰っていく。詠子はその背を見送りながら、ぼんやりと思い出した。

そういえば瑠璃羽ちゃん、あの時、言珠、つかわなかったな。

瑠璃羽ちゃんが今、話してくれたしぃちゃんへの謝罪の際、詠子は緊張していた瑠璃羽

ちゃんに、とっさに自分のポケットに入っていた万能言珠をわたした。しかし、時間がなかったこともあり、その時、詠子は言葉屋のことも、言珠のことも瑠璃羽ちゃんにはきちんと説明できず、瑠璃羽ちゃんはただそれをお守りとしてポケットに持っていただけで、その後、その言珠は詠子のもとにもどされた。

ちなみにその言珠はといえば、その少しあとに、ばなちゃんが毒舌や語尾について悩んでいた際に、ばなちゃんの中で、ばなちゃんのための言葉を生む手伝いをして、静かにばなちゃんの胸にとけこんでいる。

詠子はそのことを、その夜、もう少し深掘りして考えながら眠りについた。

次の日の朝。

詠子は前の晩に携帯に受け取った、来夢ちゃんからのメッセージを読みなおしていた。

〈エーコちゃん、うちなー、結局、今もしゃべり方、こんな感じなんよ。

でもな、これ、お母ちゃんの言葉やからとか、そういうんじゃないねん。

ただ、うちが好きでつこーとるんよ。もう、ずーっとつこーてきて、

学校のみんなも、もうこれがうちやと思っとるし、
こういううちのこと好いてくれとるし、
それがうちにはうれしくて、そういううちが、うちも好きなんよ。
せやから、おじいちゃんおばあちゃんにも言うてん。
うちのこれは、関西弁やのうて、来夢弁や！　だからまるごと愛してや！！って。
ふたりとも度肝ぬかれた顔しとったわ笑　でも一応わかってくれてん。
まあうちも、これからふたりとここで暮らしとったら、
またしゃべり方、変わるかもしれへんけど、今はこれでええかな思うとる。
ってことをな、次にエーコちゃんに会えたら言おうと思うとったんやけど、
思い立ったが吉日やん？
急に伝えとーなってもーて、送ってしもた！　夜にごめんやけど！
なあ、エーコちゃん。大好きやで！〉

詠子は、来夢ちゃんからのメッセージを読み終えると、また頬をゆるめる。

来夢ちゃんは、先日語くんが話していた、詠子たちの住む町から少しはなれたところに住んでいる言葉屋、関さんのお孫さんで、事情があり、関西育ちではないにもかかわらず、

独学の関西弁を話して生きてきた元気な女の子だ。語くんの妹の詩歌ちゃんと同い年で、ふたりは、詠子たちが来夢ちゃんのもとを訪れた際、仲よくなった。

きっと来夢ちゃんが、こうして軽いと見せかけて一生懸命時間をかけて書いてくれたメッセージを送ってくれたのは、語くんか詩歌ちゃんから詠子の話を聞き、心配になったからなのだろう。そのつながりが、詠子にはとてもうれしかった。

と、その気持ちにひたっていると、次の瞬間、詠子がながめていた携帯の画面がビデオ通話の着信画面に変わる。それで詠子は、あわてて姿勢を正すと、この時間にビデオ通話をすることを約束していたその人への着信に応答した。

「エーコ！」

応答するなり、電話の向こうからきらきらとした元気が飛び出してくる。

それは、来夢ちゃんよりももっと遠くに住んでいる、もうひとりの詠子の妹分、ミアからの国際ビデオ通話だった。

「わー！　やっぱりリアルタイムで話せるってすてき！　うれしい！」

ミアは画面の向こうからしきりに手をふっていて、言葉、表情、仕草、そのすべてで感情をすなおに表している。ミアのそのまっすぐなコミュニケーションが、詠子にはとてもうれしかった。

「ごめんね、朝早くに起こしちゃった？　わたしもそろそろ生活リズム、もどさなきゃなんだけど、でも、今日はトクベツ！　エーコと夜ふかしナイト！」

ミアはうきうきとはしゃいでいる。

ミアの言葉どおり、今、詠子の方は朝の六時。そしてミアのいるイタリアは、時差の関係で、夜の十時のはずだった。

ミアは約二か月前、詠子がおばあちゃんと訪れたイタリアで出会った女の子で、鉱石王という、伝説の言箱を持つ言葉屋の親戚であり、見た目は大人っぽいものの、詠子より五歳年下の、とても魅力的な女の子だ。詠子とミアは、詠子が帰国したあとも連絡を取り合うことを約束していたが、ミアは日本語の話し言葉は流暢でも、書き言葉はあまり得意ではない。それゆえに、メッセージのやりとりはローマ字や翻訳アプリを通じてのものになってしまいがちで、ビデオ通話での会話が、いちばんスムーズだった。

詠子の声が出ないことについては、ミアが先日、ビデオ通話に誘ってくれた際に伝えていたが、どうしても見せたいものがあるからというミアの熱望によって、詠子は今日、この時間にミアと通話をする約束をしていたのだった。

　ミアの学校はまだ夏休みとのことだが、もうすぐはじまる新学期にそなえて、ミアは鉱石王の住むフィレンツェの郊外ではなく、ミアがもともと暮らしているミラノにもどってきている。本来であれば、年長者である詠子の方が夜ふかしをして、イタリアの夕方、日本の夜に通話するという手もあったが、夕方は、「そろそろ夏休み気分を卒業して勉強しなさい！」というミアのお母さんの監視が厳しいそうで、今日はこの時間となった。ミアのうしろには、詠子が初めて見るミアのミラノの自室が広がっていて、ミアらしいスタイリッシュで大人っぽく、しかしカラフルな色づかいのその背景が、ミアの表情をさらに明るく見せている。

「マンマにはもうbacio……おやすみのキス、したの。ほんとは、わたしはもう寝てるのよ。だからこれは、ナイショの時間！　ふふっ、ドキドキ！」

　ミアは急に小声になるとそう言って、くすぐったそうに笑う。すでに先ほどずいぶん大きな声ではしゃいでいた気がするのだが、それを指摘しようにも、今の詠子は声を出せない。筆談をしようにも、ミアは日本語が読めないため、それも難しかった。このもどかしい感覚は、イタリアで過ごした際、イタリア語がわからず不安だった時のものに少し似ている。

ただ、あの時も、その不安をときほぐしてくれたのは、ミアだった。

ミアは、詠子の声が出ないことにはふれず、にこにこと話を続ける。

「あのね、わたし、先週こっちにもどってくる時にね、最後にノンノと鉱石のハックツに行ったの！　ノンノがね、トッテオキの場所を教えてくれたのよ。その日は雨上がりでね、大チャンスだったの」

ミアは臨場感あふれる興奮した声で、そう教えてくれる。それで詠子は、七月に鉱石王からもらったハンドブックのことをぼんやりと思い出した。確かにそこには、雨上がりは泥などが雨で流れて鉱石を見つけやすくなるため、発掘に適していると書いてあった。

と、一瞬もの思いにふけった詠子の前で、ミアはいそいそとなにかを用意している。

「それでね、わたし、エーコにわたしのシューカクブツを見せたくて、これつくったの！　ジャジャーン！」

そう言って、ミアがカメラを向けたものを見て、詠子はおどろく。

それは、ミアと詠子が鉱石王の館で披露した、鏡をつかったマジックのステージ。そのミニチュアバージョンだった。中央におかれた三脚の台の下に鏡をはりつけ、その左右、うしろを布でかこむと、鏡に布が映りこむ関係で、台の下にはなにもないように見える。

それを利用して、鏡の裏に人や物を隠しておき、いきなり登場させると、まるで魔法のように、なにもないところから現れたように見せられるマジックだ。詠子たちが鉱石王の館でつくったものは、家具やカーテンなどをつかった大掛かりなものだったが、今回のミアのステージは、段ボールや布の端切れなどをつかった簡易のもの。しかしそれでも、ミアがつくると、そのステージは、とてもおしゃれなものに見えた。

そしてミアは、うきうきとしたテンションで続ける。

「ふふっ、なにもないと思う？　思う？」

ミアは、詠子がその仕掛けに気づいているとわかっているのだろう。それでも詠子の気持ちを演出するようにはやしたてるミアに、詠子は思わず笑ってうなずく。

するとミアは、うれしそうにさらににんまりと笑顔を深めると、急にすました顔になり、

「では！　イッチーニー、サンシー、ゴーロック、ナーナハッチ、キュージュー！」

と、おなじみの魔法の呪文をとなえると、ミニチュアステージの中央の台の下から、なにかを取り出した。すると詠子は、トリックがわかっているにもかかわらず、ミアが取り出したその「収穫物」を見て、しっかりとおどろく。

というのも、てっきりなにかの鉱石が現れると思っていた詠子の目の前の画面には、な

んと、ミアの顔ほどの大きさがある、それはそれは巨大な松ぼっくりが現れたのだ。
詠子のリアクションを見て、ミアはくすくすと笑う。

「ふふっ、百億円のダイヤモンドだと思った？　ザンネン！　ダイヤモンドは、まだ見つけられていませんでしたー！　あのね、せっかくジュンビバンタンで行ったのに、結局、ハックツで大物は採れなかったの。でも、帰りにこれ見つけて。こっちではそんなにめずらしくないんだけど、もしかしたらエーコは見たことないかもって思って、持って帰ってきちゃった」

確かにイタリアには松の木が多いそうで、鉱石王の館のまわりにも松の木がたくさんあった。しかしそれにしても、その松ぼっくりの大きさは、日本で見かけるものよりも数段大きい。

「エーコ、びっくり？　びっくりした？　サクセンダイセイコーね！　ピーニャはね、あ、ピーニャって、これのこと。マツボックリ！　ピーニャは、こっちでは、ハンエーとかエイエンとか……とにかく幸せを運んでくれる、とってもすてきなシンボルなの。宝石言葉みたいでしょ！」

にこにこと笑うミアに詠子がうなずくと、ミアは満足そうに体をゆらして笑い、カメラ

6:05
100%

のフレーム外から、また新しいアイテムを持ってくる。それは小さなガラス瓶で、そこに入っていたのは、少量の金色の粉だった。

「それでね、ノンノとのハックツでこれも採れたの！　サキン！　金の粉！　だからね、わたし、このピーニャにこの魔法の粉をふりかけて、すてきな幸せなかざりにしてエーコに送るね！　今からならクリスマスのかざりつけに間に合うでしょ？　ピーニャは幸せを運ぶから、そしたらエーコ、クリスマスには幸せよ！　そうだ、パパがこう言えって言ってた！　ピーニャにはマツの実が入ってるから、だから、待つのみって！　待ってて、エーコ。もうすぐ幸せになるから、待っててね！」

それで詠子は、金粉をまぶしたそのきらきら巨大松ぼっくりを、数週間後に国際便で受け取ることを想像する。海外の香りをはらんで、海外の包装で送られてくるであろうその包みをひらくことを思うと、詠子の気持ちは、それだけでとても幸せになった。

それで詠子は、ビデオ通話アプリの文字チャット機能に「A・RI・GA・TO・U Grazie」と打ちこむ。するとミアは鼻の穴をふくらませてうれしそうに笑い、そして、またなにかを口にしようと息をすいこんだ。しかし、その瞬間。

「Mia!」

と、画面の奥から明らかな怒りをふくんだ女性の声が聞こえて、ミアの表情がかたまる。

それで詠子は、その声がミアのお母さんのものであることを一瞬で理解した。

「タイヘン！　エーコ、ごめん、またね！　またね！」

ミアはあわててそうくりかえし、通信をブツッと切る。どうやらミアは、詠子が思っていた以上の相当なリスクをおかして、この通話に臨んでくれていたらしい。そのことに、詠子は改めて感謝すると、ミアから送られてくる未来の贈りもののことを思って、もう一度胸をあたためた。

雨上がりは「キセキ」の発掘のチャンス。

そして、ミアの誕生石のひとつは、虹を閉じこめたような輝きを見せるオパールだ。

虹も貴石も、雨上がりに見つかる。

奇跡はいつも、雨上がりに。

詠子は、その言葉を大切に、あたたまった胸の中にしまった。

そして、連日人と会ったことやミアとの通話のために早起きしたことで少し疲れをおぼえていた詠子は、それから長く眠った。深く、深く眠って、夕方に起きた時、詠子の携帯には意外な人からのメッセージが届いていた。

それで詠子は次の日、おばあちゃんのお店に向かった。

おばあちゃんのお店につくと、詠子はお店の二階の、おばあちゃんの家の食卓で手紙を読んだ。それは、詠子が到着するなりおばあちゃんがわたしてくれたもので、差出人はこれまた少しなつかしい人物。詠子が中学一年生の終わりの春休みに出会い、暗号を学ぶきっかけとなった、二つ年上の女の子、影山いろはちゃんだった。

詠子ちゃんへ

久しぶり。お元気ですか？

携帯に連絡すればいいとはわかりながらも、せっかくなのであえて手紙を書きました。ちゃんとした手紙とか、あの時以来で、書いてるとあの時のことを思い出して恥ずかしくて、今、正直もだえてます。

しかも、特に用はありません。ただ詠子ちゃんに、「いろいろあったけど、私は元気だよ」と、遅ればせながらの残暑見舞いを書いているだけです。

詠子ちゃんと会ったあの春休みの時には、あんなに始まるのがこわかった私の高校生活も、もう半分がすぎました。高校には同中の人もいるし、昔の私をぜんぶリセットして始められたわけじゃなかった。もちろん私自身も、そうかんたんには変われなかった。だから最初から順風満帆のバラ色の高校生活ってわけじゃなかったけど、いろいろあったおかげで、自分の言動に前よりは慎重になれるようになったし、言葉とか対応とか、まちがえたなーって時は、すっごい落ちこみながらも、詠子ちゃんたちからもらった、あの『ん』を見て、まあ私の人生はこれで終わりじゃないし、と、なんとか自分の心を立て直すことができています。立ち直りのスイッチをくれて、本当にありがとう。

でも、あの時もらった言珠（これはプライベートな手紙だから、書いて大丈夫だよね？）は、実はまだ使っていません。使いたくなる時もあるけど、もったいないし、なにか言葉で失敗して後悔しても、私には『ん』のお守りがあるから、なんとかなるって、むしろそっちをお守りにしてる。

なんだろうね。過去のまちがいって消えなくて、だからつらくて、正直今でもその過去の自分の亡霊に気持ちがのみこまれちゃうこともあるんだけど、時間がたった今なら、それが今の私をつくってくれてるんだって、少し思える。過去の自分のまちがいがなかったら、私、お父さんみたいなＴＨＥ強引グ・マイウェイ人間になってた可能性あるもんね。それは、絶対イヤ。笑　だから、そうならないようにしてくれた過去の私、むしろありがとうって思ってて、なんとかそう思えるようになったのは、言葉屋のこと知れたから。言葉屋と、うちの家族の歴史を知れて、言う勇気と言わない勇気がなくて悩んできたのは、私だけじゃないんだってわかってほっとしたから。それが今、私の力になってる。

　だから今は、詠子ちゃんがくれた言珠は、言葉屋のこととかご先祖様のこととか詠子ちゃんたちのこととかを思い出させてくれるスイッチになってる。気持ちが折れそうになった時に、見たりさわったりすると安心するから、使って消えちゃったら、逆にこまるかも。

　本来の使い方とはちがうけど、でもだからこそ私は、詠子ちゃんの言珠に、一回かぎりじゃなくてこの一年半ずっと救われてるよ。

　というか、手紙って手で書くと、結構時間かかって大変だね。笑

　でも、こういう大変さを体に刻める感じ、嫌いじゃない私がいる。

　手紙って言葉がかたちに残るから、書くのに結構勇気がいるけど、私のこの言葉のかたまりが、言珠の百分の一くらいの力でもいいから、詠子ちゃんのスイッチかお守りになれたらいいな。

じゃ、またお店にも行くね。
またね。

影山　いろは

いろはちゃんからの手紙を読み終わり、小さく息をつくと、詠子はそっとその手紙をなでる。文字のぬくもりが手のひらに感じられて、まるで人の心にふれているような気がした。そして、手紙を大切に封筒にしまい終えると、顔をあげる。すると、キッチンの床のはしにおかれた、大きな空の花瓶が見えて、詠子の胸はぎゅっと痛んだ。

それは昔からこのおばあちゃんの家の二階にかざられてきた花瓶で、つい数年前まで、そこにはいつも、季節のお花があふれるほど生けられていた。おばあちゃんのお店に、毎日、季節の花を一輪買いに来ていた藤居さんのためにおばあちゃんが仕入れていたお花は、おばあちゃんの家のこの花瓶にも毎日生けられていて、ふたりはずっと、おそろいの花束を持って生きていたのだ。しかし、藤居さんが亡くなってからは、おばあちゃんはあまりお花を仕入れなくなり、今ではこの花瓶も空になって、ただ部屋のすみに鎮座している。

そもそも大きな花瓶はとても重く、高齢のおじいちゃんおばあちゃんには水換えが重労働になっていたため、そのことは自然の摂理であるといえる。しかし、幼いころからあたりまえに見慣れていたその瑞々しさと華やかさがこの部屋から消えたことは、詠子の心を重くした。

それで詠子は立ち上がると、ゆっくりと階段をおりて階下に向かう。お店にはお客さんはおらず、おばあちゃんの姿もない。配達にでも出かけたのだろうか。

詠子は、お店のまんなかに立って、あたりを見まわした。

季節の柄のレターセットに香水瓶、繊細なレースのハンカチに手づくりの写真たて。

万華鏡やガラスのペンに、一点もののアクセサリー。

いろいろなデザインのトランプやタロットカード、やたらとぶあついノートの束の横には、めずらしいマジック用品が少しだけ。

アンティーク時計に、宝石の粉でつくられた砂時計。

世界中から集められたさまざまな布とボタンに、刺繍糸。

あざやかなヴェネツィアングラスと、コンパクトミラー。

今日もおばあちゃんのお店は、この世の時間と距離をすべてないまぜにして煮つめたような濃い空気に満ちている。

詠子は目についた鏡のひとつを手に取ると、ていねいにふたをひらいて、中に映った自分を見つめた。少しやつれたその顔を見て、それからお店のカウンターの奥の壁にかざられた、とても大きな油絵を見やる。

カラフルな建物の間を流れる運河に、いくつものゴンドラが浮かんだ優雅なヴェネツィアの風景。詠子が昔、初めてカウンターの奥の工房に足を踏み入れようとした時、夜の緊張の中で見たその油絵は、少しこわいものに見えた。しかし、今はちがう。詠子はつい二か月前にその絵に描かれた場所に実際に訪れていて、昔は遠いおとぎの国のように思っていたその風景を、経験として自分の中に取りこみ終えている。

その不思議な感覚をいとおしむべきなのかどうか決めかねて、詠子は手の中のコンパクトミラーを閉じる。その瞬間、もう一度、鏡の中の今の自分と目が合って、詠子はドキリとした。

イタリアからの帰国の道中、おばあちゃんは言っていた。

鏡は、美術との結びつきが強く、十四世紀初頭に活躍したイタリアの画家ジョットが、当時、ほかの画家たちよりも、立体的な絵や自画像を描くことができたのも、鏡の力を借りていたからではないかと言われている。のちのルネサンス期の画家たちが、急に正しい遠近法で写実的な絵を描きはじめたのも、鏡をつかったからだという説があり、鏡の作用を応用してつくられた、カメラ・オブスクラという、カメラの原型となった装置もまた、画家たちが写生をする際に活躍したらしい。

つまり鏡は、昨日のミアのマジックのように、人を惑わせる魔法のような使い方をすることもできれば、逃れようのない現実をまざまざと正確に見せる、なによりも正直な回答者になることもある。詠子は、そのことを思い知ると、コンパクトミラーを手放し、元の場所にそっとおいた。

すると、その瞬間、カウンターの奥の工房の扉がひらいて、詠子はびくりとする。ふりむけばそこには、詠子と同じようにおどろいた顔をしているおばあちゃんがいて、しかしおばあちゃんは、詠子よりも早くおどろきから立ちなおると、小さくほほえんだ。

「……なにか、あったかい?」

この数か月で、おばあちゃんは小さくなったように思える。もともと細身だった体がよりうすくなり、年齢のわりに高く見えていた身長すら縮んだように見えた。ただ、それに関しては、詠子の身長が成長しただけなのかもしれない。

詠子は、おばあちゃんにやんわりと首をふる。

そんな詠子を見ておばあちゃんは、少し悲しそうにまゆのはしを下げ、それから詠子が、ヴェネツィア産のコンパクトミラーの前にいることに気づくと、やんわりと息をついた。

「帰ってきてからまだ二か月もたっていないというのに、なんだかすでになつかしいね。不思議な感覚だ」

おばあちゃんの言葉に、詠子は大きくうなずく。それはまさに、詠子が今、いだいていた感想だった。するとおばあちゃんは、少し声を出して笑って、工房の扉をしめるとカウンターの中に入る。

「昨日、ミアさんと話せたんだろう？　元気だったかい」

その質問にも、詠子はまた、ただ大きくうなずいた。ミアの松ぼっくりの話や、お母さんにしかられて通話が切れたことなど、追加したいエピソードはたくさんあったが、いかんせん、まだ詠子の声がそれを許さなかった。するとおばあちゃんは、詠子のそのもどかしさをやさしくすくいとるように、ゆっくりとうなずく。

「すてきな時代だ。一度、出会いさえすれば、物理的な距離は友人関係を維持することの邪魔をあまりしなくなった。海外の友人に限らず、日常的に会う友人とだって、また明日、と言って別れても、五分後にはスマホひとつで、おしゃべりの続きができる。今の時代は、ひとつひとつの別れに『今生の別れの可能性』を意識しなくてすむようになった。それは幸せなことで……でも、少し、こわいことでもあるんだね」

詠子の思いを代弁しようとはじまったおばあちゃんの声は、最後、ひとりごとのように、おばあちゃんの口からぼつりと落ちる。見ればおばあちゃんは、めずらしく話し相手の詠子ではなく、どこでもない宙を見ていた。

詠子は不安になって、おばあちゃんの視界に押し入るように移動する。それでおばあちゃんははっとして詠子を見た。そして詠子を安心させようとするように、ほほえむ。

「いや、だからこそ、最近の私たちは『さようなら』に鈍感になってきているのかもしれないと、ふと思ってしまってね。そう、『さようなら』という言葉自体、最近はあまりつかわれていないような気がするよ。勤め人になれば、大人はたいてい『おつかれさまです、失礼いたします』。むしろ子どもの方が、よくつかっているのかもしれないね。園や小学校の終わりに、『さようなら、ありがとうございました』と頭をさげて、家に帰る」

おばあちゃんの言葉に、詠子はうなずく。詠子の中学では、終礼の最後はただ「起立、礼」の号令にそって頭をさげるのみのため、詠子もしばらく「さようなら」という言葉をつかったおぼえがなかった。

「……『さようなら』という言葉の意味を、詠子は知っているかい」

ふいに、おばあちゃんにそうたずねられて、詠子は首をふる。それから、少し期待した。こんなふうにおばあちゃんと話すことは、なんだかとても久しぶりだった。そんな詠子の視線を受けて、おばあちゃんは背筋をのばし、声に張りをもどすと、続ける。

「『さようなら』や『さらば』、最近で言えば『じゃあね』というあいさつは、本来、『さようであるならば』という言葉だ。前に起こったことがらを受けて、次に新しい行動を起こそうとする際につかわれる接続詞で、一説では十世紀ごろから日本でつかわれてきたあいさつらしい。日本語では、古代から現代にいたるまで、一貫してこの『さようであるならば』という接続詞が、別れの言葉としてつかわれてきた。なんでだろうね」

詠子は、おばあちゃんの瞳の中にいつもの詠子を試すような、いたずらっこの挑戦の光を見つけて、ほほえみながら首をふる。するとおばあちゃんは、少しだけ楽しそうに言葉をはずませた。

「それは私たちが、別れというひとつのことがらの終わりに、次の新しいものへ立ち向かう心がまえを持とうとしているからなのかもしれない、という説があるそうだよ。昔から日本語には、『前のこと』と『これからのこと』の存在を意識して、新しいことに向かうたびに心を引きしめる傾向があった。そう考えると『さようなら』は、終わりの言葉のように見えて実は、次のことがらに心を向ける、はじまりの言葉なのかもしれない」

詠子は、おばあちゃんの言葉の中に、詠子が今まで「さようなら」の中に見えていなかった明るい意味合いを見つけておどろく。

しかし、おばあちゃんはいつだって、ものごとをひとつの結論だけでは見ない人だった。

おばあちゃんは、詠子から視線をはずすと、続けた。

「ただ、また別の説では、『さようなら』というあいさつには、日本のあきらめの文化が影響しているのではないかという考えもある。たとえば切腹、ハラキリというものは、いまだに日本独自の文化としてよく紹介されがちだが、それも、『さようであるならば』と、その運命を天命と思い、観念して受け入れるからこそ生まれたものなのだ、という人もいるそうだよ。ただそこには、単純な弱さによるあきらめよりかは、もう少しくすぶった感情があるようにも読み取れる。『不本意ではあるが、さようであるならば』『人事を尽くしてなお、さようであるならば』と、まさにその別れの『前』に深い事情があったことを匂わせつつも、そのことをあえて語らないという意思が、その言葉の奥にはあるのかもしれないね。それを自発的ないさぎよさととらえて美徳とするか、受動的すぎるひねくれとして悪徳とするかは時代によるところが大きいだろうが、今ははたしてどうだろう」

おばあちゃんの、締めるような問いかけに、詠子はやはり答える声を持っていない。ただ、おばあちゃんをじっと見つめると、詠子はおばあちゃんの問いかけそのものよりも、なぜおばあちゃんが今、そんな話をしているのか、その理由に目が向いてしまって、おばあちゃんのそのことに対する瞳の色が気になった。

しかし、詠子がおばあちゃんの瞳の色を知る前に、おばあちゃんは詠子から目をそらし、お店にある大きな窓ガラスの向こうをながめる。そして、つぶやくように続けた。

「美徳か悪徳か、その答えがすぐには出せないくらいに、最近の私たちには、『さようなら』を意識する機会が少なくなったね。それは、ある種の平和なのかもしれない。ただ、だからこそ……」

おばあちゃんが一瞬、声をとじると、店内がしんとする。

商品のかすかなざわめきだけが、人間の息の裏でささやき続ける。詠子はその、肌の上をはうような静けさをはじいていく自分の皮膚を、その時、やたらといじらしく感じた。

おばあちゃんは言った。

「だからこそ、今を生きる私たちは、予期せぬ別れに弱いのかもしれない。それは、個人のせいじゃない。でも結局のところ、それを乗りこえなければならないのは、個人なんだろうね」

詠子に言っているのか、自分に言っているのかわからないほど、おばあちゃんの声はひっそりとゆらめいている。おばあちゃんの声は、とても小さかった。

それが、詠子には、とても悲しかった。

と、その時だった。

ガランガランと、もともとはそんなに大きい音を立てるはずではないお店のドアベルが、大きな音を立て、外から無遠慮な声がやってきた。

「こんにちはー！」

そんな言葉を引っさげて、今日もその人は、暴力的な明るさを、このうすぐらい店内に持ちこむ。

「……いらっしゃいませ。今日ほど、あなたさまのことを恋しいと思ったことはありませんよ、竹内さん」

おばあちゃんがふっ、と肩の力をぬいて笑う。それで息が出たはずにもかかわらず、心なしか、おばあちゃんの体の中で、なにかがふくらんだ気がした。

「ややあ、今日も絶好調ですね、うたさん。いい嫌味屋です。僕はうたさんに、いつでも会いたいと思ってますよ」

竹内さんはそう言いながら、どしどしと店内を歩いてきて、カウンターの前に、持っていたかばんを、どさりとおく。竹内さんは今日も背広姿で、しかしジャケットはぬいで、ノーネクタイ。ワイシャツのそではまくられていた。出会ったころは、ツンツンとがっていた髪は、今は短いながらもゆるくパーマがかけられていて、しっかりとスタイリング剤がつけられたそのヘアスタイルは、おしゃれにまとまっている。

竹内さんは、詠子が小学五年生の夏からこのお店に通い続けている、ほんのちょっぴりお調子者の会社員で、年は三十近く。平日の昼間や夕方に、仕事のついでという名目のサボタージュでこの店に寄ることの多い竹内さんと、詠子はそうそう出くわすことはなかったが、その少ない遭遇のたびに竹内さんは、詠子の心にちょっとした波を立てている。そのため、今の詠子のコンディションでは、正直、会うことをさけたい相手だった。それで詠子はつい、竹内さんに向かって会釈をしながら視線を泳がせてしまう。

そしておばあちゃんも、詠子のそんな心のうちに気がついたのか、いつもより過保護に、すばやく言った。

「詠子、悪いけど、二階で夕飯の下ごしらえをたのめるかい。豚肉を解凍するのを忘れていた気がしてね。見てきておくれ」

するとその声で竹内さんは、パッと詠子にふりかえる。詠子の先ほどの会釈には気がついていなかったようで、軽く目を見ひらいた。

「なんだ、いたのか言葉屋少女！　いつもの威勢がないから気がつかなかった」

竹内さんの言葉に、詠子はついあいまいにほほえむ。詠子に威勢があったことなどあっただろうかと自問したけれど、竹内さんからすれば、これまでの詠子の竹内さんへの言動はそれなりに「威勢」に見えていたのかもしれないという、小さな気づきを得た。

それで詠子は、改めて竹内さんに会釈をすると、二階へ上がる。

しかし、おばあちゃんに言われたとおりすぐにキッチンに目をやると、そこにはすでにほぼ解凍がすんだ豚肉のかたまりがあり、先ほどのおばあちゃんの指令が、やはりただの助け舟であったことを思い知る。

おばあちゃんがそれでなにをつくろうと考えていたのかわからないものの、豚汁と仮定して、じゃがいもやにんじんの皮をむこうかとも思ったが、詠子はそこでふと思いなおすと、食器棚からグラスをとり、冷蔵庫から麦茶を取り出して、グラスにそそいだ。

そしてそれを持って、階下へくだる。

するとカウンターをはさんで雑談をしていたおばあちゃんと竹内さんは、詠子の思ったよりも早い再登場に、おどろいて会話を止めた。そして詠子が、麦茶をそっと竹内さんに差し出すと、竹内さんはいつになくしっかりと詠子の目を見て、「ありがとう」と、口にする。そして、一瞬なにかを考えるような間をとると、その麦茶を一気に飲みほして、言った。

「ごちそうさま。生きかえった。ありがとう。君のこのすばらしい気遣いのお礼に、今日は僕から君に金言を贈ろう」

その言葉に、おばあちゃんはやはり過保護に反応して、「竹内さん」と声をかける。しかし、詠子がおばあちゃんに大丈夫、と小さくうなずくと、おばあちゃんは、目の奥の不安を隠すように視線を落とし、カウンターの上の、竹内さん御用達のぶあついダブルリングのノートを、竹内さん持参のエコバッグにつめはじめた。

竹内さんは、そんな詠子たちの一瞬の挙動の流れを、見て見ぬふりをするようにして待つと、詠子を見つめたまま大まじめな顔で言った。

「いいかい、言葉屋少女。繊細神話におどらされちゃダメだ」

そう言い切った竹内さんの声は、竹内さんと出会ってからのこの四年間を通して、詠子が初めて聞く声だった。竹内さんがいつもまとっている明るさを、ぬいだような声だった。

それで詠子がかすかに首をかしげると、竹内さんはそのまま続ける。

「若ければ若いほど、繊細さにあこがれる。本を読んでも音楽を聞いても、繊細さはいつも尊い美徳で、才能の苗床で、なんならやさしさの代名詞のように描かれがちで、そういうものにかこまれて育った俺らは、繊細であることこそが是であるように感じて十代を過ごさざるをえなくなる。でも、いったん社会に出ると、そんなものは神話であることに気づかされる。社会のステージが上がれば上がるほど、自分とはちがう立場や感性で生きる生きものに出会って、時にその生きものから、悪気のない攻撃や、しっかりと悪気のある攻撃を受けることがある。ただ、そのたびに傷ついて泣いたって、その涙は自分の服をぬらして重くするだけで、重い服はよけいに前へ進む一歩を踏み出しにくくする」

これまでの竹内さんのマシンガントークとは、声の質や重さがちがう。詠子はちらりと、竹内さんの足もとのかばんの上に横たわる、竹内さんの上着を見やった。

しかしすぐに竹内さんの瞳に視線をもどすと、竹内さんはそれを受けて、言った。

「社会に出ると、意外にものをいうのは鈍感力だよ、言葉屋少女」

鈍感力。その言葉のかたちを、詠子は頭の中で何度もとらえようとする。まるいようでとげがあるようで、軽いようで重いようで、詠子にはすぐにはその言葉の本当の姿が見えなかった。

すると竹内さんが、そのかたちのヒントをくれる。

「繊細にあらゆる方向に想像力を駆使して、気配りをすることはすばらしい。努力？　必要。反省？　必要。でも、それだけをくりかえして足ぶみするくらいなら、繊細を切りすてて前に進まなければならない時もある。そうやって、人や自分を守らないと、生活がままならなくなる。時には、人の言葉ひとつひとつに反応して深く考えたり、相手のことを考えすぎてがまんしすぎたりせずに、自分は自分、なんとかなるって、繊細さや慎重さをかなぐりすてて進むことを、恥じなくていい。それは鈍感力っていうひとつの強さだ。その武器だけで人生をわたり歩こうとすることは暴力だけど、選択肢として持つことはむしろ大事なことだと、俺は思うね。繊細であることはいいことだからと、そればかりにとらわれることは、逆に人と自分を不幸にする」

竹内さんが、人のためを思ってこんなに話をしているところを見るのは、初めてかもしれない。と、詠子は竹内さんの言葉を聞きながら、頭のすみで失礼にもそんなことを思ってしまう。そして真剣な竹内さんの瞳を見つめながら、竹内さんはこれまでどんな子ども時代と十代を送り、今にいたるのだろうと、やはり初めて、無性に気になった。しかしすなおにたずねることもできなくて、詠子は話を終えた竹内さんに深く頭をさげる。

でもすぐに結局、もう少しなにかを伝えたくなって、詠子はポケットをさぐった。が、そこで、携帯を二階においてきてしまったことに気がつく。するとおばあちゃんが、

「紙かい？」

と、カウンターの下からメモ帳を出してくれようとした。しかし竹内さんはそれを制して、おばあちゃんが袋につめたばかりの、竹内さんのお気に入りのリングノートを一冊取り出す。そして、まっさらな一ページ目をひらくと、竹内さんの胸ポケットにささっていたペンとともに詠子にわたしてくれた。

それで詠子は、少し悩んだすえに、最初だけ遠慮がちに、しかしすぐに乱暴なくらいのいきおいでペンを走らせて、その結果の言葉を、竹内さんに見せた。

〈竹内さんって、繊細な方だったんですね〉

それを見て、竹内さんとおばあちゃんは一瞬、目を点にしたあと、盛大に笑う。

そして、ひとしきり笑うと、竹内さんは目のはしを指でぬぐいながら、言った。

「よかったよ。そんなことを言えるくらい、君も鈍感になったんだね、言葉屋少女」

そして、詠子からそのノートを取り上げる。

「君に一冊プレゼントしようかと思ったけど、やめた。いい出だしの一行をもらって、プレミアがついた。これは、やっぱり僕がつかう」

そうして竹内さんは、いつもどおりの明るさを声に貼りなおして、自らノートを袋につめると、その荷物を担ぐ。足もとのかばんと上着も再度手にすると、

「じゃあ、うたさん、少女。また」

と、扉の向こうへ去っていった。

初めて会った時よりも、ずっとやわらかくなっているそのヘアスタイルを見送りながら、詠子は思った。

つみかさねだ。

詠子が今、少しまよいながらも、失礼にあたるかもしれない言葉をノートに書いてしまったのは、これまでの四年間、竹内さんとかわしてきた言葉とその言葉で築いてきた関係性を信じたからだった。その上で、竹内さんになら、この言葉の真意が伝わるかもしれないと、思った。

詠子のために、今、ほんの少しだけ、これまでずっと着ていた明るさの鎧をぬいでくれた竹内さんは、きっと生まれてからずっと軽薄な時代を過ごしていたわけではないのだろう。重い服をぬぎすてたり、かわかしたりしながら、重い服を着たままでも軽やかなステップがふめるような筋力をつけて、生きてきたのかもしれない。その上で竹内さんはきっと、自分が繊細なことにも鈍感なことにも誇りを持っているのだろう。

それを、理解したということを、詠子は竹内さんに伝えたかった。

竹内さんにでなければ、こんな言葉はつかえなかった。

伝える勇気を持てなかった。

竹内さんという人を知って、その人とだけの関係性を持つことが、言葉の色やかたちをこんなにも変えるのだと、詠子は改めて思い知った。

そして、そのうしろで、おばあちゃんがぽつりとつぶやく。

「……たのもしいね。彼も、詠子も」

その声に詠子がふりむくと、おばあちゃんはどこかほっとしたような顔をしていて、詠子はそのうすいガーゼのような笑顔の向こうに、おばあちゃんがもうすべての荷物をひとりでは背負えないのだという事実を見た。そして、詠子は心の中で、いまだに生まれそうで生まれない自分の声を、ぎゅっとにぎりしめる。

待ってて。

と、詠子はおばあちゃんにそう言いたかった。ひとりで荷物を背負わなくていいと、そう伝えられるようになるまで、もう少しだけ、待っていてほしかった。

それからしばらくすると、約束の時間になった。

今日、そもそも詠子は、その人との待ち合わせのために、ここにやってきたのだ。

約束の時間が近づくと、詠子はおばあちゃんのお店をうろうろして、商品棚という商品棚をすべてふき終え、それでも落ちつかなかったため、結局、お店の外に出て、その人を待つことにした。

やがて。

その人はあの時と同じように、約束の時間を目指して、ゆっくり、ゆっくりと坂をのぼってやってきた。ただ、あの時とちがい、その人は手首をおさえていたり、足を引きずっていたりはしていない。ただ、しっかりとした足取りで、坂をすべてのぼり終えて詠子の前に立つと、にこりと笑って言った。

「久しぶり、詠子ちゃん」

久しぶり、真鈴ちゃん。と、詠子も心の中でそう言って、ほほえんだ。

佐伯真鈴ちゃんは、詠子が小学五年生の時の同級生で、瑠璃羽ちゃんと花蓮ちゃんと仲のよい、凜としたたたずまいがすてきな女の子だった。小六のころ真鈴ちゃんは、とある病気をわずらっており、その時詠子は、その病気の痛みを少しでもやわらげられはしないかと、言葉屋のたまごとして奮闘した。そのことをきっかけに、真鈴ちゃんとは中学校はちがえど、年賀状のやりとりをするような仲になり、しかし、こうして実際に会うのは小学校の卒業式以来で、実に二年半ぶりだった。とはいえ真鈴ちゃんは、大きくは変わっていない。あいかわらず、艶のある黒髪のショートカットがよく似合っていて、ただ、あの時よりもさらに落ちつきが増し、視線や姿勢から、芯の強さのようなものを感じることができるようになっていた。

真鈴ちゃんから、わたしたいものがあるからお店で会えないか、と連絡があったのは、昨日のこと。詠子の連絡先は、瑠璃羽ちゃんと花蓮ちゃんから聞いたのだと、そう書いてあった。

真鈴ちゃんは、詠子の笑顔を確認すると、少しほっとしたような表情をして、それから、

「あのね、さっそくなんだけど……」

と、ポケットに手を入れると、中からそっと、とあるものを取り出した。

それを見た瞬間、詠子ははっとする。

それは、小さな、とても小さな言箱に海色の長い組紐がつながった、ネックレスだった。三年ほど前に詠子がこの場所で、真鈴ちゃんにプレゼントをしたもので、ただ、おどろきだったのは、それが「言箱」になっていたこと。あの時、詠子が真鈴ちゃんにプレゼントしたものは、言箱の中に言珠が入った言鈴だった。しかし、今、真鈴ちゃんの手の上にころんとのっているその言箱の中からは、あの時にはあった深い海色の言珠が消えている。

真鈴ちゃんは、言った。

「……いつのまにか、消えてたの。最初のころは、苦しくなるとよく鳴らしてて、外に行く時も割れないようにタオルでつつんで持ち歩いてたんだけど、だんだん、本当にだんだん、つかう回数が減っていって、持ち歩かなくても大丈夫になって、ベッドの横の小物入れに入れておくようになって、それで最近、気がついたら、中身がなくなってた」

そう言って、真鈴ちゃんはその言箱ネックレスの組紐の部分を持つと、言箱をつるすようにして持って、言箱に光を当てる。そのすきとおったガラスを見つめながら、真鈴ちゃんは、すがすがしそうに、しかし、ほんの少しだけさみしそうに、笑った。

「だからね、返しにきたの。約束どおり」

そう言って真鈴ちゃんは、詠子にそのままその言箱を差し出す。

そう、この言箱が言鈴だった時、真鈴ちゃんは詠子と約束をした。いつか、この言鈴がなくても大丈夫だと思えるようになったら、その時はこれを返しにきてほしい。言箱は、リサイクルをしてつかえるものだから、と。

すると、詠子と同じように、あの時の約束を頭の中で思い出していたらしい真鈴ちゃんが、ふっ、と小さく息をついて笑う。

「本当はね、まだもう少し持っていたいなって思ってたの。でもやっぱり、返しにくるのは今だと思った。今、返しにきたいって思った。だってあの時、詠子ちゃん、言ったよね。この言箱のふたはローズマリーの種で、ローズマリーの花言葉は、私にぴったりだって」

そう言われて、詠子はふたりの間にかかげられたその小さな言箱の口の部分を見つめる。

そこではまだ、小さな種が、そっとその口にふたをしていた。

だから、詠子はうなずく。

真鈴ちゃんは、笑った。

「あの時、帰ってから調べたら、ローズマリーの花言葉、いっぱいあって笑っちゃった。

いったい、どれのことなの、詠子ちゃん！　って思ったけど、結局、聞かなかった。自分で好きなのを選ぼうって思って、その時は『静かな力強さ』を選んだんだけど、でももうひとつ、印象的なものがあって、その言葉のことは、ずっと、なんとなくおぼえてた」

そう言って真鈴ちゃんは、一瞬強く息をすうと、その言葉を口にする。

「『あなたは私をよみがえらせる』」

そう、まっすぐな瞳で言った真鈴ちゃんに、詠子はゆっくりとうなずく。

詠子も、その言葉のことはおぼえていた。

ただ当時、詠子はその言葉を真鈴ちゃんに贈ったつもりだった。

「静かな力強さ」、「記憶」、「思い出」、「変わらぬ愛」、「誠実」など、たくさんあるローズマリーの花言葉は、人のことを思い、自分の気持ちを押しころしていた真鈴ちゃんにぴったりで、ただローズマリーの花言葉はそれだけではなく、ほかに「私を思って」、「あなたは私をよみがえらせる」というものもあった。それが、当時の詠子にはとても響いたのだ。人のことを思って、痛みに耐える真鈴ちゃんが、自分のことも大切に思えるように、真鈴ちゃんの痛む心を回復させられるようにと、あの時、詠子は真鈴ちゃんにわたした言葉にそんな願いをこめていて、だからこそ、花言葉の中の「私」はどれも、真鈴ちゃんを指していたつもりだった。

しかし今、言鈴の中の言珠は消えて、かたちを変えたそれは、詠子に差し出されている。

同じ、ローズマリーの種をのせて、今、詠子に。

言葉が、返ってくる。

詠子は、真鈴ちゃんに言鈴をつくった時の気持ちをゆっくりと思い出しながら、真鈴ちゃんからていねいに、その言箱を受け取った。そして、感謝の気持ちをこめて真鈴ちゃんの目を見てうなずくと、すぐにポケットから小さな瓶と手紙を取り出して、真鈴ちゃんにわたす。

「え？　くれるの？　私に？　ありがとう、これ、なんだろう。きれい……。あ、手紙に書いてあるの？　えっと、じゃあ、今、読ませてもらうね。いい？」

真鈴ちゃんの言葉に、詠子はもちろんうなずく。

昨日、久しぶりに真鈴ちゃんに会えると知った詠子は、会った時に、このことを真鈴ちゃんにすぐに伝えられるようにと、事前に手紙を書いていた。

〈真鈴ちゃん、来てくれてありがとう。

今日、真鈴ちゃんに会えると知って、すごくこれをプレゼントしたくなったので、よかったらもらってください。

これは、私がこの間、ラピスラズリという宝石からつくった絵の具のもとです。長い時間をかけて、ラピスラズリから青色を抽出してつくりました。この色のことを、イタリア語では、オルトレマリーノというそうなのですが、英語ではちがう発音になるそうです。ウルトラマリン、というそうです。

日本語では瑠璃色で、とてもきれいな青色です。

今日、真鈴ちゃんが、瑠璃羽ちゃんと花蓮ちゃんから連絡を受けて来てくれたことがうれしくて、どうしてもこれをわたしたくなりました。瑠璃羽ちゃんと、花蓮ちゃんにも、今度わたすつもりです。〉

詠子からの手紙を読み終わって、真鈴ちゃんは改めて、詠子が手紙といっしょにわたした小瓶の中身を見つめる。かかげると、その中の瑠璃色の粉は、宝石であった時代を思い出すように、きらきらと光った。

真鈴ちゃんは、詠子に視線をもどすと、うれしそうにほほえむ。

「ありがとう。お守りを返しにきたつもりが、また新しいお守り、もらっちゃった。うれしい。私もいつか、こんなふうに輝きたい」

真鈴ちゃんはあいかわらず謙虚で、真鈴ちゃんがもうすでにじゅうぶん、宝石のようにきらめいて見えていることを、本当に知らないのかもしれなかった。

もしそうなら伝えたい、と思った。

でもまだ、声はうまくでなかった。

それで真鈴ちゃんは、詠子に無理をさせまいとするかのように、お店に目を向ける。

「久しぶりに、お店も見ていってもいい？」

その問いに、詠子はもちろんうなずいて、その後真鈴ちゃんは、あの時と同じように、真鈴ちゃんにぴったりのノートを、一冊買って帰った。

そうして、詠子が人に会いはじめて、六日目のこと。

とうとう、その人から連絡がきた。

会いたい、と、連絡がきた。

しかし、詠子の家まで来てくれると言っていたその人は、時間になってもなかなか現れず、詠子が首をかしげていると、携帯にちがう人からのメッセージが届いた。

〈悪いけど、おりてきてくんない？　いつもの電柱のとこにいっから〉

それで詠子は、あわてて家を飛び出す。

マンションのエレベーターをおりると、いつもその人と待ち合わせをしたり、別れたりするその電信柱のところまで、走った。すると、そこには詠子に会いにきてくれたその人と、今、メッセージをくれたその人の腐れ縁の人が、ふたりで立っていた。

「詠子……」

肩で息をする詠子を、しぃちゃんはすでに泣きそうな顔で、そう呼んだ。

ただ、続けてなにかを口にしようとしては口ごもり、視線を落としては目を泳がせて、それをたくさんくりかえしたあと、しぃちゃんは結局、ぎゅっと、くちびるをむすんだ。

そんなしぃちゃんに、詠子はなんとか気持ちを伝えたかったけれど、詠子もしぃちゃんと同じように、口をひらいては、声の不在を確認することをくりかえすことしかできない。

この一週間、メッセージをかわすことすらしていなかったふたりの間には、会っていなかった時間以上の時が流れてしまったかのように、不思議な距離ができていた。お互いの状況や環境が変わると、まるで初めて言葉をかわす時のような緊張感が出る。頭の中で、言葉のしっぽが、つかみにくくなる。

そう、それはまるで、初めて言葉をかわす時のようだった。

だから、その人は言ったのかもしれない。

いつものように、首のうしろをがしがしとかきながら、須崎くんは言った。

「……あーっと。おまえの名前、なんて読むの？　エーコ？　って、算数の文章題か！」

そう言って突然大声をはりあげた須崎くんに、詠子としぃちゃんは目をまるくして、同時に須崎くんを見やる。すると須崎くんは、苦虫をかみつぶしたような顔をしていて、詠子は思わず、笑ってしまう。

須崎くんのその言葉は、小学五年生の始業式、詠子としぃちゃんと須崎くんが初めて同じクラスになった時に、須崎くんが詠子に言った言葉だった。

だからしぃちゃんも、一瞬とまどったのち、息を大きくすって、言ったのだと思う。

「な、なにそれ！　じゃあ、アタシ、シイナだからＣ子さんじゃん！」

「へいへい。じゃー、Ｃ子さんは、どーぞ、文章題仲間のＡ子さんとなかよくお話しください。俺、フツーの人間だから、帰るし」

「え！　ちょ、ちがくない？　なんか、あの時とセリフちがくない？」

「や、知らねぇし。んな細かいとこまでおぼえてねぇよ」

「いや、無責任すぎない？　自分でふっといて……。えっ、で、ホントに帰んの？　ホントに？　ちょっと、哲平！　えー……。ホントに帰るんかーい」

しぃちゃんが投げかけ続ける声もむなしく、須崎くんは後ろ手に手をひらひらとふりながら、詠子たちに背を向けて去っていく。そして須崎くんが角をまがってしまうと、しぃちゃんは、がくっと肩を落として、詠子に向きなおった。

「なにあれ。ね？」

苦笑いをしながら頬をかくしぃちゃんを見て、詠子はまた笑う。

それでしぃちゃんもほっとしたように、息をはくようにして笑った。そして仕切りなおすように、さらにふっと強く息をはくと、しぃちゃんは詠子に頭をさげた。

「詠子、ごめん！　ずっと、会いにこられなくて」

しぃちゃんのいきおいに、詠子はあわてて首をふる。

しぃちゃんが、ずっと詠子のことを心配してくれていたであろうことは、わかっていた。

それでも誠実に頭をさげてくれたしぃちゃんは、そのまま、手に持っていた白い紙袋を詠子にずいっと差し出す。

「これ……。プリン！　あと、ノートと、それから、虹がつくれるビーズ！」

しぃちゃんが、頭をさげたまま、次々に説明してくれた中身を、詠子は実際に紙袋の中をのぞいて、目視で確かめていく。

確かに、言われたとおりのものが入っていた。

詠子が以前、具合が悪くなった際、おばあちゃんが買ってきてくれたお店のプリン。

しぃちゃんとずっと続けている交換日記のノート。

それから、中にキラキラとしたなにかが入った、小瓶がひとつ。

最初のふたつがしぃちゃんからのお見舞いの品であることにはもちろん納得がいったものの、最後のひとつだけが唐突な気がして、詠子は首をかしげながら、小さな透明なケースに入れられた、ガラスの粉末のような透明の粉を見つめた。

「ばんちゃんが、詠子に虹の話、したって聞いて」

顔をあげたしぃちゃんが、ぽつりと話し出す。

ばんちゃん。井上くんのことだ。

「ばんちゃん、俺が虹の話をしてやったら、あいつはすごく元気が出たんだ、すごく感謝されたって言ってて」

詠子は、あれだけ自分が詠子と通話をしたことを隠そうとしていた井上くんが、しぃちゃんに得意げにそう言っている顔を想像して、少しおかしくなってしまう。でも、しぃちゃんが真剣な顔をしていたため、さすがに笑わなかった。

「だからアタシも、なんか虹、と思って探してきたの。これね、紙の上にまんべんなく糊ぬってならべて光を当てると、その紙の上に虹が見える、特別なビーズなの。これをね、アタシ、交換ノートのページに貼っておいたから、だからこれで詠子、いつでも虹、見られるからね」

必死なようすでそう説明しながらしぃちゃんは、紙袋の中からノートを取り出し、そのページをばんっとひらいてくれる。しぃちゃんの言葉どおり、そのノートのページの上には黒い紙が貼られており、さらにその上には、ケースの中のものと同じ粉末が、うっすらとていねいに均等に貼られていた。そしてしぃちゃんは、太陽の位置を確認すると、ノートの角度を何度か変える。

すると。

詠子の前に、虹が現れた。

ふたりの交換ノートの上のビーズに光が反射して、そこに、おどろくほどみごとな虹が現れる。どうやらそれは、井上くんが通話で話していたように、ガラスや水晶で虹をつくることができる原理を利用した、特別なビーズであるようだった。

と、詠子が、それに目をうばわれているとしぃちゃんは、ゆっくりとノートを閉じて、神妙な顔で続ける。

「アタシ、今までピンチの時、何度も、何度も何度も詠子に助けてもらってきたのに、詠子がピンチな時に、なに言えばいいかわからなくなっちゃって、考えれば考えるほど、なにもできなくて、どんどん時間過ぎちゃって、ごめん。それなのに、結局こんなことしか、できなくてごめん」

しぃちゃんは、深刻な顔をしている。これまでにないほどに。

いつも明るく元気なしぃちゃんが、詠子のためにげっそりするほど悩んで、顔を白くしている。それが、詠子には痛いほどありがたくて、そして、つらかった。

しぃちゃんの声が上ずる。

「ホントはっ、今も、詠子になんて言えばいいかわかんなくて。大丈夫だよとか、なんとかなるよとか、がんばってとか、がんばろうとか、がんばらなくていいよとか、いっぱい……。いっぱいいっぱいいっぱい考えたんだけど、でも、なんかぜんぶちがう気がして、わかんなくて。ごめんね、詠子。アタシ、結局、詠子にただ、会いにくることしかできなかった。それすら、直前でこわくなって、ここで足が止まって、哲平と詠子に助けてもらって、アタシ、ごめん。ホント、ごめん、詠子」

ぽつん、と、電信柱のふもとのアスファルトに、涙が落ちる。

大粒の雨のように、ぽつり、ぽつりと、続けて落ちる。

「ごめんー……」

ぬれてくずれたしぃちゃんの声も、涙といっしょに落ちた。

詠子よりずっと背の高いしぃちゃんが、せなかをまるめて今、詠子を思って泣いている。

泣きながら、でも、泣いてはいけないと思っているかのように、片腕を両目に押しつけて、涙にふたをしようとしている。

その姿を見て、詠子は気がついた。

しぃちゃんが、ずっと詠子を心配してくれていたことは知っていた。わかっていた。

しかし、それはわかっていたつもりにすぎなかった。

しぃちゃんは、詠子が思っていたよりもずっとずっとずっと、詠子を思ってくれていた。

しぃちゃんが会いにきてくれて、それがわかった。伝わった。

でも詠子は、しぃちゃんに自分の気持ちをどう伝えられるだろう。

同じように涙を重ねても、笑顔で首をふっても、あくしゅをしても抱きしめても、足りない気がする。ぜんぶ、伝えきれない気がする。

もっと、大きな器がほしい。今の自分の気持ちを、いちばん納得するかたちに盛りつけて、相手にプレゼントできるような器がほしい。すべてを伝えきれなかったとしても、そぎ落とされるものがあったとしても、自分がその気持ちを届けるために最高だと思った選択を、かたちにできる器がほしい。

だから、詠子は、言った。

「しぃちゃん」

しぃちゃんが、一瞬止まったあと、ぱっと顔をあげる。

少し鼻水がたれたしぃちゃんの顔を見ながら、詠子は続けた。

「しぃちゃん、私、言葉屋なの」

かすれた声が、いつもの詠子の声にもどったその瞬間。

詠子の両目からも、急にせきを切ったように涙があふれ出た。

今まで、こんな泣き方をしたことなんて、なかった。

次から次へと涙が出て、実際に出ている水の量よりも、もっと多くのものが体から出ていっているような気がした。そのいきおいに体が追いつけなくて、詠子はその場にしゃがみこむ。それでしぃちゃんも、あわてて詠子と同じようにしゃがみこんで、詠子の肩に手をおいた。

「え？　詠子、今、声……。あ、え、えっ、なんて言った？　コトバ、ヤ？　え、言葉屋？」

とまどったしぃちゃんの声を聞きながら、詠子はがむしゃらにうなずく。

激しく首を縦にふって、でも、また声は出なくなった。

あの時。

詠子が小学五年生の夏に、初めて言葉屋について知った時、その使命や重大さについて知った時、詠子はしぃちゃんに、自分が初めてつくった言珠をわたした。けれど、その時、しぃちゃんに言葉屋のことは伝えなかった。言珠は、巾着袋に入れて、お守りとしてしぃちゃんにわたした。

あの時、いつかしぃちゃんに言葉屋のことを話す時には、りっぱな言葉屋になっていようと誓ったのに。自分に、強く誓ったというのに。

言って、しまった。

まだ、一人前の言葉屋にもなれていないというのに。

しかし、詠子のための言葉が見つからずにこんなにも苦しんでくれていたしぃちゃんを目の当たりにして、そんなしぃちゃんの姿が、おじさんへの言葉を見つけられずにずっともがいていた自分と重なって、つい、言ってしまった。

しぃちゃん。私、言葉屋なのに、おじさんになんて言えばいいか、ずっとわからないの。

言葉が、わからないの。

言葉屋は、言葉屋っていっても、言葉をあつかっているわけじゃなくて、言葉をつかうための勇気を助けるお店で、言葉そのものは、いつだって、自分の中にしかなくて、自分の中にしかないのに、それがわからない。正しい言葉が、わからない。なにに勇気をつかえばいいのか、わからない。

まちがえたくない。絶対、まちがえたくないのに。

正しい勇気をつかいたいのに、なにが正しいのかわからなくて、苦しい。

こんなに苦しいのに、こんな苦しみを救ってくれる商品は、言葉屋にはない。

言葉は、その人の中にしかないから。

詠子の気持ちは、言葉のかわりに涙に乗って、詠子の肌をぬらしていく。また声が出なくなったのか、ただしゃくりあげているからなにも言えないのか、自分でもよくわからなかった。

ただ、しぃちゃんからは、声が出た。

「え？　あの、うん、知ってる、よ？」

それで詠子は、息をのむ。

息をのんで、目をまるくして、涙と鼻水だらけの顔で、しぃちゃんを見た。

そのまのぬけた顔を向けられたしぃちゃんも、ほうけた顔をしている。

ただしぃちゃんは、ずっ、と鼻をすすると、もう一度、言う。

「詠子が言葉屋だって、アタシ、知ってたよ、ずっと」

「え……？」

詠子からも声が出て、ふたりはしばらく、同じひどい顔のまま、道のはしにしゃがみこんで見つめ合う。詠子の中で混乱がまわった。

しぃちゃんが、知ってた？　しかも、ずっと？

どうしてだろう。須崎くんが話した？　いや、きっと須崎くんは話さない。

真鈴ちゃんや花蓮ちゃんでもないだろう。語くんでも、きっとない。

では、おばあちゃんが？

そんな詠子の混乱が声になる前に、しぃちゃんは詠子と同じようにクエスチョンマークを顔に浮かべたまま、当然のように答えを口にする。

「え、だって、詠子、いつも言葉のことたくさん考えてるし、いつもアタシのこと、言葉で助けてくれるじゃん。アタシだけじゃなくて、今までいろんな人のこと、言葉で助けたりとか、言葉、言いやすいようにしてくれたりとか……。言葉屋って、そういう意味、だよね？　え、あれ、ちがうの？」

詠子の顔を見たしぃちゃんが、だんだんとあせり出す。

そんなしぃちゃんを見ながら、詠子はしぃちゃんの言葉を受け止めて、受け止めて受け止めて、それから、笑った。

まだ、たくさん涙が残ったままの顔で、笑った。

「うん。……うん、そう。きっと、そう！」

「ええ？　きっと？　じゃあ、ちがうじゃん！」

しぃちゃんがとまどいながら、しかし、詠子が笑ったことに安心したのか、つられるように笑う。

泣いて笑って、声が出た。

それから、よくわからない泣き笑いの時間をしばらく共有すると、ふたりはどちらからともなく立ち上がる。詠子は一度深呼吸をすると、しぃちゃんを見つめて、言った。

「しぃちゃん。会いにきてくれて、ありがとう。しぃちゃんが来てくれなかったら、しぃちゃんに気持ちを、どうしても伝えたいって思わなかったら、私、きっとまだ声が出てなかった。言葉がほしいって、もう一度、思わせてくれて、ありがとう」

詠子のまっすぐな言葉に、しぃちゃんは少し照れくさそうに笑う。

その笑顔がうれしくて、詠子はしぃちゃんの手の中のノートを見つめて、さらに続けた。

「あのね、しぃちゃん。私、井上くんに虹の話を聞いてから、少し、虹のこと調べてみたの。虹って、幸せのイメージが強いけど、昔は不気味なものって思われていた時もあったんだって。雨のあとに、急に空と大地の間に現れて、得体が知れなくて気味が悪いヘビみたいだって思った人もいたみたい。確かに、今みたいに、科学的に虹の正体が解明されていたわけじゃなかった時代に、突然空にあんなにカラフルで大きなものが現れて、しかもすぐに消えちゃったら、こわくなるかもしれないよね」

詠子の言葉を、言葉どおりしっかり想像するように目線を空へと動かしながら、しぃちゃんはうなずく。しかもね、と、詠子は続ける。

「虹って、このビーズみたいに透明な水晶玉とか、ガラスの中にもつくれるんだって。水晶玉に太陽の光を当てると、中に虹が見える。けど、そうやって手に水晶玉をのせて、太陽の光をずっと当てておくと、太陽の光が手のひらに集中して、やけどしちゃうから、だから、水晶玉は燃えない台の上において、観察しないといけない」

へえ、と、しぃちゃんは目をまるくする。それから、少し首をかしげた。

どうして詠子が、虹の話をしているのか、その理由が気になったのかもしれない。

だから、詠子は言った。

「虹って、たくさん色があって、きれいですてきで、橋みたいでドラマがあって、楽しくて希望があって、でも人と時代とつかい方によっては、こわかったり傷ついたりする。それって、すごく言葉みたい」

笑顔でそう言った詠子に、しぃちゃんもなるほど、と納得して、笑顔でうなずく。

「ほんとだ」

「私、この一週間で虹のこと聞いて、調べて、考えて、そう思って、虹のことがすごく好きになった。でも、私が虹の中で、いちばん好きなポイントはね」

詠子のわくわくとはずんだ声の先を、しぃちゃんが待っている。

それが、詠子にはとてもうれしかった。

「私たちが虹を見ている時って、いつもうしろに太陽があるんだって」

「え？　あ、光の方向の話？」

「うん。虹は光の色だから、太陽光が当たらないと空には現れない。だから、虹が見えている時はいつも、私たちは虹と太陽の間にいて、うしろにある太陽が照らしてくれている虹を見ているんだって。私は、しぃちゃんが言ってくれたとおり、言葉屋になりたい。虹を、目指したい。でも、私が目指すその虹は、私のうしろにいつも太陽がいてくれて、せなかを照らしてあたためて支えてくれているから、見えるの。だから、私は元気になれる。勇気が、出る」

言いながら、詠子はまた目にこみあがった涙を、今度は流さず瞳にもどす。

しぃちゃんは、詠子の言葉をひとつひとつ受け止めながらも、少しおいてけぼりにされているようだったけれど、詠子がつい先ほどまで声を失っていたことがうそのように、たくさんの希望を声にしたことがうれしかったのか、からっとさわやかに笑うと、うなずいた。

「うん。まかせて！　アタシがいつでも、詠子の太陽にも満月にもなるよ」

それからしぃちゃんは、おどけたように、そういえばプリンも、太陽にも満月にも似てるね、とけらけらと楽しそうに笑う。すると、そこでポケットの中の携帯がなにかのメッセージの着信を告げたようで、しぃちゃんは、ちらりとそれを確認した。そして、はっ、となにかを思い出したように表情を止めると、少し気まずそうに頬をかく。

「あーっと、詠子、ごめん。アタシ、もう行かなきゃだ」

その言葉に、もちろん詠子はうなずく。

「うん。ありがとう、しぃちゃん。来てくれて、本当に、本当にありがとう」

「へへっ、照れるからいいよ、そんな何回も。あーっと、それでね、詠子、悪いんだけど、あとちょっとだけ、ここで待っててくれる？」

しぃちゃんの目が少し泳いで、詠子は首をかしげながらうなずく。

しぃちゃんは、笑った。

「ごめんね、ちょっとだと思うから。ちょっとだけ、待ってて。そしたら……」

そこでしぃちゃんは、少しだけ間をとると、にやりとする。

「虹に会えるよ」

その言葉に、詠子はあいまいにうなずく。

今日は、雨が降った形跡も、これから降る予報もない。誰かが、ホースで水でもまいてくれるのだろうか。そんなことをぼうっと考えていると、しぃちゃんが紙袋の中にノートをもどし、紙袋を詠子にわたすと、そのまま詠子の両手の手首をぎゅっとにぎった。

「……詠子。会えてよかった。本当に。ありがと、詠子」

そう言って、詠子を改めて見すえたしぃちゃんの目には、また少し涙が浮かんでいる。

お礼を言うべきはこちらの方なのに、と、詠子は首をふった。

「ありがとう、しぃちゃん。また、今度はたぶん、学校で、ね」

詠子の言葉をかみしめるように、しぃちゃんはぎゅっと下くちびるをかんでうなずく。

「うん、またね」

そう言って、しぃちゃんは詠子に背を向けた。

そのまま、角に向かって、まっすぐに歩いていく。しかし、角をまがる前に、しぃちゃんの目にたまっていた涙が限界を迎えたのか、しぃちゃんは詠子の方をふりむくことなく、一度足を止めると、ぎゅっと先ほどと同じように腕を両目に当てて、涙を瞳の中に押しもどした。そのことが、後ろ姿からだけでもわかって、詠子はそんなしぃちゃんに駆けよろうと、足に力を入れる。

しかし、しぃちゃん応援隊は、いつだってひとりではなかった。詠子が足を踏み出すよりも早く、角の向こうから、もうとっくに帰ったと思われていた人が現れる。

須崎くんは、詠子にただ無言で「大丈夫」とうなずくと、しぃちゃんの涙を止めていた腕をしぃちゃんからはがし、そのままその手をつないだ。

小さい子をなだめるように、大切な人を守るように、須崎くんはしぃちゃんの手をしっかりとにぎって、しぃちゃんを引いて、去っていく。しぃちゃんもまた、涙を止めることをやめたその手で、須崎くんの手をしっかりとつかんでいた。

そして、角をまがる直前で、須崎くんは空いている方の手で、後ろ手に詠子に手をふる。

詠子には、それがうれしかった。

そうして、ふたりが角の向こうに消えると、詠子はふうっと息をはく。

何週間ぶんもの息が、一気に出た気がした。

それから、空を見上げる。

青い空には、たくさんのわた雲が浮かんでいて、しかし、輝くようにまっしろなその雲たちは雨雲にはなりそうにない。秋につながる空は高く、虹は見えそうになかった。でも、詠子にはその雲たちの存在がうれしかった。

小学六年生のころからずっと続けているしぃちゃんとの交換日記のノートは、おばあちゃんのお店でしぃちゃんといっしょに選んだ空の模様のノートで、各ページにはいつもおだやかな雲が広がっており、空と雲はいつもしぃちゃんの言葉とともにあった。いろいろなかたちに姿を変えて、やわらかくも時に雨を降らす雲は、まるでしぃちゃんの言葉そのもの。

それで詠子はひとり、小さく笑う。

虹みたいだと思ったり、雲みたいだと思ったり、ガラスみたいだと思ったり、私の言葉のイメージはあまりに浮気性だ、と自分でも少しあきれた。そして今度は、言葉はどこにでも、どんなものにでも宿っている八百万の神さまみたいだ、と思った。

と、思ったところで、虹が走ってきた。

角の向こうから、足音が近づいてくる。

そういえば昔、塾に遅れそうだと、廊下を走っていくその人の足音を聞いたことがあったなと、詠子は思わず目をつむって、その日のことをまぶたの裏に思い出す。

あの時は、詠子から遠ざかっていった足音。それが、今は近づいてきている。

詠子に向かってくる。

本当は、しぃちゃんがにやりと笑った時から、少しだけ期待していた。

あの人が、会いにきてくれるのではないかと、期待していた。

だから。

「ごめん、遅くなった！」

と、その人の声が聞こえた瞬間、詠子は笑顔で目をあけた。

「伊織くん」

角の向こうから走ってきてくれたその人の名前を、詠子の声はとてもスムーズに呼んだ。

その声に、伊織くんの息も、足も、表情も止まる。

伊織くんは、目をまるくして、おどろいた。

「え？　あ、あれ、声……」

「うん。今、出たの。しぃちゃんと話してて、急に、やっと」

詠子が自分でもうまく理由を説明できないその事実を、伊織くんは詠子の中から見つけようとするかのように、しばらく無言で、じっと詠子を見る。

それから脱力したように、

「そっか……。そっか、よかった……」

と言って、それから本当に力がぬけたように、その場にしゃがみこんだ。

大人っぽいジーンズと、大きなスニーカー。

あのころはいつも隅々まできちんとアイロンがかけられていたシャツは、もうその上にはなく、今日はシンプルな大きなTシャツを着ている。少しのびた髪は、無造作にはねていて、詠子はうなだれる伊織くんのその姿の中に、久しぶりに伊織くんのうなじを見た。

小学五年生、詠子が伊織くんのうしろの席だったころよりも、ずっと頼もしくなったその首は、知らない人のもののようで、少しだけさみしい。しかし、その首を見ながら、詠子自身も、そのさみしさをどこかにかかえているのだろうと思った。

伊織くんは、一度、はあっと大きく息をつくと、立ち上がる。ぐんっと伊織くんの頭が遠くなって、伊織くんのうなじはまた、身長差のある詠子からは見えなくなった。

伊織くんは、言った。

「ごめん、俺、ずっと知らなくて。詠子は、俺が悩んでる時、いつも助けてくれるのに、俺は、なにもできなかった。ごめん、詠子の声がもどってほっとして、うれしいのに、今、正直、ちょっとだけくやしい」

そう言って頭を少し乱暴にかいた伊織くんの表情は、詠子が初めて見るもので、その少し子どもじみた仕草に、詠子は思わず笑ってしまう。

「ううん、ありがとう。会いに来てくれて、うれしい」

「うん……。ありがとう、そう言ってくれて。あーっと、えっと、体調は、大丈夫？　大丈夫だったら、その、少し、歩ける？」

伊織くんのその言葉に、詠子がすぐにうなずくと、伊織くんはほっとした表情で、それ、持つよ、と、しぃちゃんからもらった紙袋を持ってくれた。その紙袋が、詠子と伊織くんの間になったので、もちろんふたりは、手をつながなかった。

ただ、こんなふうに伊織くんとふたりで町を歩くのは初めてで、詠子はうれしさと緊張と、ちょっとした切なさの中で、先ほど伊織くんを待っている間に、もう少し顔をハンカチでふいておけばよかったと後悔した。しぃちゃんとたくさん泣き笑いをしたせいで、きっと今、詠子の顔はひどいことになっている。

こうして伊織くんのとなりを歩く日は、本当ならもう少し背のびした自分でいたかった。

しかし伊織くんは、詠子の顔のことなど気にするそぶりもなく、町をランダムに歩く間、ありのままの詠子の話を、ただゆっくりと、おだやかに聞いてくれた。

自分のまわりには、魅力的な夢を持った、夢をかなえる努力を惜しまない人がたくさんいて、その中で詠子は、ずっと将来が不安だったこと。

それでも時間はどんどん進んでいって、今まで自分が無意識に頼りきっていたおじいちゃんやおばあちゃんが、いつのまにかあたりまえに老いていっていることに気づいたこと。いつのまにか守られる側から、守る側へ近づいていっていることをこわいと感じた自分がなさけなかったこと。

今まで片目をつむるようにして半分見て見ぬふりをしていたその事実が、おじさんの病気を知ったことですべて一気に現実として目の前にやってきて、そのことをうまく受け入れられなかった自分が、とても恥ずかしかったこと。

それを、詠子はぽつりぽつりと、伊織くんに話した。

これまで伊織くんと話す時は、いつも緊張してあまり思うように話せなかったというのに、なぜか今日は、心のたががはずれたかのように、おどろくほどすなおに、言葉が出た。

それで詠子は、そのあとに、声が出なくなったこの二週間ほどの間、たくさんの人に助けられ、それで今日、やっと声が出たのだと、そのいきさつを、かいつまんで伝えた。

ただ、すべてを話し終えて言葉が切れると、急に一気に恥ずかしさが両方の頬と耳に押しよせて、詠子はうつむいた。

「ごめん、急に、こんな恥ずかしい話、して」

すると伊織くんは、ははっと顔いっぱいで笑う。

「そんな。そんなこと言ったら、俺、これまでどんだけ詠子に恥ずかしい話、してきたことか。おあいこどころの騒ぎじゃないよ」

その言いまわしがなんだかツボにはまって、詠子も思わず、声を出して笑ってしまう。

ひとしきり笑うと、詠子は自分がいつのまにか、図書館の前に来ていたことに気がついた。それが、伊織くんが意図したことだったのかどうかは、わからない。ただ伊織くんは、図書館の前の桜の木の下の花壇を指さすと、

「……まだ、時間、大丈夫？　ちょっとだけ、すわって話していい？」

と言った。

それで詠子と伊織くんは、その桜の木の下に、つい先日、詠子と輝良里ちゃんが話した時のように、ならんで腰かけた。

「あの、さ」

と、伊織くんは、腰を下ろして少しすると、いくぶんか緊張したおももちで、そう切り出した。

「本当は、こんなこと、気軽に口約束しちゃいけないことだとは思うんだけど、俺の気持ちだけ知っててほしくて、今、詠子に伝えたい」

伊織くんは、ひざの上で両手を組むと、一度うつむいて、それから顔をあげた。

「俺、これまで脳科学者になりたいって思ってたのは、ただ脳の仕組みを知るのがおもしろかったからだった。ただの、好奇心だった。でも今は、もう少し社会の役に立つことがしたいって思ってる。それは、俺がこれまで苦しかった時に、詠子とか哲とか、いろんな人が俺を救ってくれたからで、俺も俺にできることで、人の役に立ちたいって思った。でも、じゃあ具体的に脳科学っていう枠組みの中で、なにができるんだろうって考えた時に、俺は、脳科学で、人がつながりを失わないでいられるようにしたいなって思ったんだ」

伊織くんの表情は真剣で、その言葉が昨日今日の思いつきではなく、伊織くんの中に長い年月をかけてつもりつもったものの果てであることを教えてくれる。

だから、詠子も真剣に聞いた。

「物理的にでも精神的にでも、誰かが孤独で苦しくなった時に、人とつながれる手段がある状態をつくりたいって思った。それでいろいろ調べたら、最近、病気とかけがで失われた脳の機能を、ＡＩで補完する研究とか、物理的に声が出せなくなっても、脳波を読み取ることで、その人の考えている言葉を再現するシステムの研究があるってことを知った。その中で、詠子たちの去年の文化祭の企画もリンクして……。ボーカロイドのシステムと似た技術でさ、自分の声を事前にいろいろなパターンで録音してデータ化してとっておくと、そのあと、自分がなんらかの理由で声が出せなくなっても、そのデータをつかうことで自然の発声に近いかたちで自分の声を再現できるかもしれないらしいんだ。もともとボーカロイドみたいなスピーチ・シンセは、そういう話すことが不自由な人のために開発されたものだったらしい」

伊織くんの話が、少しずつ、少しずつ詠子につながっていき、詠子の胸はいろいろな方向に高鳴る。そして、ただ伊織くんの横顔を見つめることしかできないでいた詠子を、伊織くんはそこで、ぱっと見ると、言った。

「ごめん、俺、まだなんの力もないし、なにも実現してないのに、こんなこと言うのは無責任だけど、でも俺、将来、そういう研究をしたいと思ってる。人がなんらかの原因で言葉をなくしそうになった時、言葉をつなげる手伝いをできるようになりたい。俺は、今回、ほかのみんなみたいに、詠子を過去とか現在で、助けることはできなかった。でも、未来では、詠子の助けになりたい」

伊織くんの言葉は、声は、力強い。まるで目の前で楽器が演奏されているかのように、伊織くんの一言一言は、詠子の体の中で、芯から響く。

「……本当は、ちゃんと実現できる目処がついてから、伝えるべきことだと思う。伝えるかどうか、まよった。でも、コトダマって言葉があるなって思って」

その言葉に、詠子は一瞬、どきりとする。

こと、だま？　言珠？

しかし、詠子の中で浮かんだその漢字は、すぐにちがうものに変換された。

ちがう。言霊、だ。

事実、伊織くんは続けた。

「勝手だけど、今、こうして詠子の前で、自分の気持ちを言葉にしたことは、これからの俺の糧になる。その糧で、俺はこれから自分の言葉を実現する。そしてそれが……」

伊織くんが、詠子を見つめている。

こんなに長く、伊織くんと目が合っていたことが、今まであっただろうか。

なかった。

その初めての時間の中で、伊織くんは言った。

「詠子の勇気になったら、うれしいな」

その言葉を聞いた瞬間、せっかく結ばれていた詠子たちの視線はくずれた。

先ほど、しぃちゃんがこわした詠子の涙腺は、伊織くんの言葉でふたたび、かたちを無くしてとける。とっくに枯れ果てた涙が、新しく新しく、何度も詠子の瞳の中で産声を上げた。

止めなければと、頭の片隅では思った。

こんなところでこんなに泣いては、まるで伊織くんが詠子を泣かせているように見られてしまう。事実、そうではあったけれど、そう見られてはならないと、頭では思った。しかし、涙が止まらなかった。

水膜の向こうでは、伊織くんが少しあせった顔をしている。

ごめん、と思い、ごめん、と言おうとして、しかしそのすべてをやはり涙がじゃました。

しかしやがて、涙の向こうで伊織くんが、なにかを決めたような表情になる。

そして次の瞬間。

詠子の涙は、伊織くんの肩にすいこまれた。

「……ごめん」

と、伊織くんが、詠子の耳元でささやく。

詠子は首をふりたかったけれど、伊織くんの手がしっかり詠子の頭をかかえていたため、できなかった。詠子が涙をうずめたそこに、あの日からずっと見ていた伊織くんのシャツのえりはなく、ただ現実の安心感だけが、詠子の涙をすべてつつんだ。

それからしばらくして、詠子が伊織くんに伝えた言葉は、「ごめんなさい」ではなく、「ありがとう」、だった。

次の日、詠子がおじさんの病室を訪れたのは、夕方だった。

おじさんが入院している病室は個室で、詠子がその白い引き戸をノックすると、中からは詠子が想像していた以上に変わらない、いつものおじさんののびした声が、「はーい」と返事をした。

しかし、ひらかれた扉の向こうから詠子が現れると、さすがにおじさんも、目を見ひらいておどろいた。それでもおじさんは、すぐにやわらかな笑顔を顔にともす。

「……詠子ちゃん」

詠子は、引き戸をそっとしめると、一歩、また一歩と、ゆっくりおじさんに近づく。

おじさんはパジャマ姿で、ベッドの上に上半身を起こしてすわっていて、以前より少しだけやつれているように見えた。眼鏡の奥にはクマも見えたけれど、それはいつも徹夜明けにできているものと同じで、詠子にとっては別段新鮮ではない。

おじさんはまだ、いつもと同じおじさんだった。

「急に来て、ごめんなさい。事前に連絡しようと思ったんだけど、なんて言えばいいかわからなくて」

正直にそう言った詠子に、おじさんは首をふりながら、ベッドの横の丸いすをすすめる。

「ううん。よかった、今日はもう検査の予定はないんだ。おいしくごはんを食べて、眠るだけ」

そう言って笑ったおじさんに、詠子は持ってきていた包みを差し出す。

「その計画、くずしちゃったらごめんね。こちら、おじさんの好きな作家さんの新作です。電子版出てないから、きっとまだ読んでないと思って」

そう言って詠子が差し出した本を受け取りながら、おじさんはおおげさにおでこに手を当てる。

「うわあ、計画がまるくずれだ。今夜は一睡もできそうにない」

おじさんはそう言って天を仰いだあとに、いたずらっこのような顔で詠子を見て、ふたりは声をそろえて笑う。そうして、なごやかな笑いを共有したあと、おじさんはそのおだやかさを声に残したまま言った。

「来てくれてありがとう、詠子ちゃん。元気だった？　……少し、目がはれてるね」

詠子を見つめたおじさんの表情が、そこで少しくもる。

詠子は、臆さずうなずいた。

「昨日、たくさん泣いたの」

それでさらにまゆがよったおじさんに、詠子は笑顔を返す。

「うれし泣き」

それから、詠子は「え？」ときょとんとしたおじさんに、長い、長い話をした。

いつものおじさんの話よりも、長いかもしれない話をした。おじさんは、これまでおじさんの話を聞いてきた詠子のように、詠子の話をじっと、ずっと、聞いていた。

「……でね、声が出て、頭も心もだいぶすっきりして、私、今日、朝から久しぶりに言珠をつくったの。おばあちゃんも、今日の私の顔を見たら許してくれて、それで私、真鈴ちゃんから返してもらった言鈴の言箱をつかって、初めて、自分のために言珠をつくった。それが、これ。これが冷めるのを待ってたから、今日、ここに来るのがこの時間になっちゃった」

そう言って詠子は、ポケットからひとつの大きな言珠を取り出す。

それは、大きな透明のまるいガラス玉の中に、七色の線が入った言珠だった。

「……すごい。虹の言珠だ。七つも色を入れるなんて、難しかったでしょ」

おじさんは、詠子の手のひらの上のそれを見つめながら、すなおに感嘆の息をもらす。

詠子は誇らしい気持ちをおさえきれずに、笑ってうなずいた。

そんな詠子に、おじさんは同じく笑顔で問う。

「そして、その言珠をつかって、詠子ちゃんは僕に、言いたいことがあるんだね？」

おじさんの笑顔を見つめながら、詠子はうなずいた。

「うん。聞いて、くれる？」

「もちろん」

それで詠子は、一度大きく深呼吸をすると、その大きな言珠を手の中ににぎりこみ、その手を心臓の上に持っていく。そして、ゆっくりと時間をとると、言った。

「おじさん。私、言葉屋には、ならない」

詠子の落ちついた声に、おじさんは目を見ひらいて、一瞬かたまる。

しかし、すぐにその瞳を元の大きさにもどすと、ほがらかに笑ってうなずいた。

「そうか」

詠子も、うなずく。

「小学五年生の時、初めて言葉屋のことをちゃんと知った時から、ずっと言葉屋になりたいって思ってた。ゆらいだ時もあったけど、おばあちゃんみたいなすてきな言葉屋になるにはどうすればいいんだろうっていう軸は、ずっと自分の生活の中にあって、語くんとも、

言葉屋が今の時代にもっと合うようにするにはどうすればいいんだろうって、いっしょに考えてきた。でも、この四年ちょっとの間、少しずつ少しずつ考えてきたことを改めてまとめたら、わかったの。私は、言葉屋がなくても、みんなが苦しまずに暮らせるようにしたいんだって」

話しながら、詠子は胸の前でこぶしをずっとにぎっていた。その手が、ふるえる。

「言葉屋の使命とか歴史を、否定したいわけじゃない。言葉屋の力で救われてきた人を責めたいわけじゃない。でも前に、ばなちゃんと毒舌の意義を考えた時に、思ったの。毒舌家の人たちがテレビの中で絶えないのは、それをみんなが必要としているから。でも本来、そういう力は、それぞれ自分で持てた方がいい。それといっしょで、言葉屋のあつかう勇気も本当は、人がひとりひとり、自分の中に持つのが理想だと思った」

詠子の言葉に、おじさんは小さくうなずく。同時に、詠子の頭の中には、初めて言葉屋について教わった際におばあちゃんが言っていた、「本当は、言葉屋なんて仕事は、ない方がいいんだ」という言葉が、こだました。

「でも、人はそんなに強くなくて、だから言葉屋を発明して、みんなで助け合ってきて、それで今がある。でも今、言葉屋の仕事のかたちはうまく機能していなくて、言葉屋の数は減ってきてる。言葉屋の商品を悪用する人もいる。その一方で、言珠や言箱をつかわなくても、言葉と必死に向き合って、生きている人がいる」

瑠璃羽ちゃんも聡里ちゃんもいろはちゃんも、みんな言珠をつかわなかった。

しぃちゃんや伊織くんは、言葉屋のことを知らない。

「それに、言葉屋は勇気のあと押しをすることはできても、言葉そのものをわたすことはできないから、結局、いつの時代でも言葉は自分で考えるしかなくて、その言葉は、必ずしもいつも、誰のことも傷つけない正解の言葉だとはかぎらない。同じことを伝えようと思っても、言葉選びとかタイミングとか、言い方とか立場とか、いろいろなものがうまくかみ合わないと、よかれと思って勇気を出して伝えたことも、人や自分を傷つけることがある。そういう言葉を、もし言珠をつかって言ってしまったら？　やっぱり言えばよかったと思った言葉を、言箱の中に封じてしまったら？　私だったら、心のどこかで言珠や言箱を責めてしまうかもしれない。つかわなければよかった、言珠がなければ言わなかったのに、言箱がなければ言えたのにって」

自分の心の弱いところをはっきりと言葉にすると、胸の奥がぎゅっと痛む。自分のすべての弱さを、誰かのせいにできたら楽なのにと、すぐに心がゆらぎそうになる。

それでも詠子は、たおれなかった。

「前におじさんが言っていたとおり、言葉は、選び方やタイミングや口調もふくめたもので、それから本当は、勇気や責任も、ぜんぶふくめて言葉なんだと思う。人間は、言葉屋を発明した時に、その勇気や責任を、一回ガラスの中にあずけたけど、そろそろ取りもどす準備をしなきゃいけない時代になったのかもしれない。言葉の情報量も伝え方もどんどん増えている今、もっと増えるかもしれない未来へのために、今のうちにしておくべき、本当に必要なことは、新しい言葉屋の商品をいたちごっこでつくることじゃなくて、ガラスにあずけた力を、人間の中にとりもどすこと」

そこで詠子は一度、ごくりとのどを鳴らす。詠子の奥で泣きじゃくっている弱さが、詠子の中の水分を根こそぎ持っていっているような心地がした。

詠子は視線を落とす。

「そのために、なにをすればいいのか、正直、まだぜんぶわかってるわけじゃない。でも、言珠をつくっている中で学んできた色の力とか、環境とか社会のこととか、法律とか心とか脳のこととか、そういうかけらを集めていくことが、人が言葉をつかいやすい環境をつくることにつながるんじゃないかって、そういうヒントは、今、私のまわりに、いっぱいあって……」

詠子は視線をあげて、ずっと真剣なまなざしで詠子を見ているおじさんを見つめかえす。

「だから私、高校は新設校に行きたいって思ってるの」

おじさんの目がまた少し、まるくなって詠子の言葉を待つ。

詠子は、言葉をつなげる。

「新しい高校で、その高校の文化ができていくところを間近で見たい。できれば、生徒会とかそういうところに入って、文化をつくる経験をしたい。そこでたくさん、考えたい。前に、しぃちゃんたちと校則について考えた時に悲しかったことやくやしかったことを自分の力にして、かたちにしたい。だから、今の私の、いちばん近い目標はその高校に受かること。私、これから、もっと受験勉強がんばる。がんばって、ひとつひとつ階段をのぼって、それで、そしたら……」

ぎゅっと、気持ちがこみあがる。

体が、奥の方からふるえる。

涙が、こぼれた。

「おじさんの言葉を、絶対迎えにいく」

詠子はそこで、こぼれた涙を一度、自分の腕でぬぐいとる時間を少しとると、詠子を心配そうな瞳で見つめながら、それでもまだなにも言わずに詠子を待ってくれているおじさんに改めて向きなおった。そして、笑う。

「私、今年の四月におじさんと気まずくなってから、本当は何か月も、おじさんのことなんて考えたくないって思ってたの。おじさんなんてもう知らないって。でも、そう思っても思っても、ふとした時におじさんが話してくれた言葉が頭に浮かんでくることが何度もあって、おじさんの言葉がＤＮＡみたいに私の体の一部になってるんだって、その度に思い知らされた。言葉は、人の中につもると、人の中に人をつくるんだってわかった。それくらい、言葉は強くて、特におじさんの言葉はしつこいくらいに強くて、だからこれから、おじさんの中でおじさんの言葉がどんなふうに変化しても、私、おじさんの言葉、見失わないと思うの。すぐには迎えにいけないかもしれないけど、私、たくさん勉強して、たくさんの人の力を借りて、迎えにいく。無茶を言ってるように聞こえるかもしれないけど、でも、でもね、見て、おじさん」

そこで詠子は、先ほどから胸の前でにぎったままだったこぶしをひらくと、その手を胸ポケットに入れる。そして中から、先ほど詠子がこぶしの中にとじこめたはずの虹色の言珠を取り出した。

おじさんの瞳がおどろく。

詠子はもう一度、笑った。

「私、つかわなかったの。今の言葉、ぜんぶ、言珠、つかわないで言ったの。だから、おじさん。私……」

言いながら詠子は、虹色の言珠を手の中心にすえ、手を花びらにするようにひらいて続ける。

「行くからね。絶対に、迎えにいくからね」

そう言って、詠子がずっ、と鼻をすすった瞬間、おじさんは初めて詠子から目をそらした。そして、眼鏡をはずすと、詠子とは逆の方を向いてベッドサイドに手をのばし、そこにあったタオルを顔にあてる。無言のまま、ぎゅっと顔に押しつけて、部屋は少しの間、静かになった。

しかし、いくらたってもおじさんがタオルから顔をはずさないので、やがて詠子は不安になって、とうとう待つのをやめる。

「……やっぱり、無理、だと思う？　理想ばっかりで、大きなこと言いすぎてるって思う？」

するとおじさんは、タオルの向こうで大きく首を横にふった。そして、ずっ、と一度だけ鼻をすすったあとタオルをはずすと、赤くなった目に眼鏡をかけなおして、詠子を見る。

やさしい、とてもやさしい瞳で、詠子を見た。

「詠子ちゃん」

と、とてもやさしい声で、詠子の名前を呼んだ。

そして、そのまま続ける。

「ごめんね、僕、昔、詠子ちゃんにうそをついたことがあるんだ」

急にはじまった昔話に、詠子は首をかしげる。しかし、おじさんは気にせずに続けた。

「小さいころ、詠子ちゃんが四歳くらいの時かな。僕、詠子ちゃんとふたりで、動物園に行ったことがあるんだ。その日は本当は、詠子ちゃんは姉さんとダンさんと三人で行く予定で、詠子ちゃんはそれをすごく楽しみにしてて、でも当日になって急にふたりとも仕事で行けなくなっちゃって、それで僕がかわりに行くことになった」

おじさんの話を、詠子は自分の思い出の中に探したけれど、詠子はそのことをうまく思い出せない。そんなことがあったような気もしたけれど、なんとなく頭に浮かんだ映像は、現実のものか夢のものか、うまく区別がつかなかった。

しかしおじさんは、自分の記憶を鮮明になぞるように続ける。

「だから僕、その時、詠子ちゃんが少しでも動物園を楽しめるようにって、必死になって、『ゾウさん、大きいね。ほら見て、キリンさんの首、長いね』って話しかけたんだけど、本当はその時、僕、心の中で『あれ、ゾウってこのくらいだったっけ。もっと大きいと思ってた。キリンの首はもっと長いと思ってた』って、少しがっかりしてた。それまで詠子ちゃんといっしょに読んでいた絵本の中で、『ゾウはとても大きい』『キリンの首はとても長い』って何度も言ってきたから、自分の中のゾウとキリンのイメージが、どんどん巨大化していってたんだね。だからあの時は、僕の中で、ふっ、と魔法がとけたみたいだった。だからごめんね、詠子ちゃん。僕、本当はあの時、ゾウが大きいとも、キリンの首が長いとも、ちっとも思ってなかったんだよ」

おだやかながらも、とても罪深いことを告白しているかのようなおじさんに、詠子はただただ首をふる。詠子は、おじさんのその話に、少しも傷ついてはいなかった。

そんな詠子の顔を見て、おじさんは笑って、それからそっと目をほそめて詠子を見る。

「……ねえ、詠子ちゃん。大きく、なったね」

と、おじさんはゆっくりと、そう言った。

「僕はもう、詠子ちゃんにうそをつこうとは、みじんも思わなくなった」

それからおじさんは、うるんだ瞳で、もう一度言った。

「本当に、大きくなったね、詠子ちゃん」

言い終わるやいなや、おじさんは急いで目をしばたたかせて、せきばらいをする。それからベッドの上で、ぴんと姿勢をのばすと、声の調子を整えてから言葉を出発させた。

「ねえ、詠子ちゃん。『六次の隔たり』って、知ってる？　昔の有名な社会実験から生まれた言葉なんだけど……」

詠子が首をふると、おじさんはいつもの調子で、うれしそうに話し出す。

「えっとね、その社会実験って、自分と赤の他人のつながり度合いを調べた実験で、似たような実験は世界中でいくつか行われているんだけど、有名なのは一九六七年に、アメリカの心理学者のミルグラムが行ったスモールワールド実験。まず、目標となる人物を決めて、その人となんの関係もない赤の他人を、何人、間にはさめば、その人と自分がつながることができるのかを調べた。当時はまだネット社会じゃなかったから、各自が、自分の知人の中でその目標の人物に最も近そうな人に手紙を送って、『目標の人物に近そうな人に手紙を送ってください』って伝言ゲームをしていったんだ。そしたら意外なことにね、平均六人で、その目標の人物にたどりつくことができたんだって。もちろん、『知人』の定義とはなにかとか、連絡の手段をどうするかによって、数字に多少のばらつきは出るけど、日本で行われた類似実験でも、目標の人物にたどりつくまでの人数は、平均すると六人。百人とか、千人じゃなかったんだよ。しかもこの数字は、その規模を国内じゃなくて世界にしてもいっしょだった。二〇〇二年に、アメリカのコロンビア大学が電子メールを使って、クロアチアの学生、ニュージーランドの職人、インドネシアの無職の人、さまざまな国のさまざまな立場の人を目標の人物としてたどっていったんだけど、それでも赤の他人がその目標人物にたどりつくのに必要だった人数は、やっぱり約六人だった。世界は広くて、人はこの世に何十億人もいるのに、僕も詠子ちゃんも、間に六人の人がいれば、どんな有名人とも、地球の裏側の知らない人とも、つながることができるんだよ」

地球の裏側のどんな人も、知り合いの、知り合いの、知り合いの、知り合いの、知り合いの、知り合いの、知り合い。

思ってもみなかった距離感に、詠子の胸は高鳴る。

おじさんも、楽しそうに笑った。

「だからね、詠子ちゃんひとりが、八十億人の人、ひとりひとりに話をして世界を変えようって思ったら、それはとんでもなく途方もないことのように感じられるけど、詠子ちゃんのまわりの人からはじめて、その人たちが少しずつ、そのまわりの人へ言葉を伝えていったら、実はあっというまに、世界とつながることができる。人のつながりって、すごいんだ」

そう言いながらおじさんはまた、詠子をうれしそうに、そして、とても誇らしそうに見つめて笑みを深める。

「でも、そのためにはまず、詠子ちゃんがちゃんと人とつながっていなきゃならなくて、でも、そんなこと、僕が言わなくても、詠子ちゃんはもうできてる。詠子ちゃんはずっと、それができてたから、今回もたくさんの人が詠子ちゃんを助けてくれた。そして、これからもきっと、助けてくれるはず。詠子ちゃんがこれまで、人ひとりひとりとの関係をないがしろにしなかったから、今、たくさんの人が詠子ちゃんを、『ただのヒト』じゃなくて、『他者と心をわけ合える人間』にしてくれている。それってすごく、すごくすてきなことだ」

その言葉に、詠子はうなずく。

そして、そんな詠子におじさんは、おだやかな声のまま、やわらかく続けた。

「……詠子ちゃん。四月に、詠子ちゃんのこと、傷つけてごめんね。あの時、僕、自分のこの病気のことですごく気持ちが苦しくて、ちょうど言箱をつかったばっかりだったんだ」

「そう、だったんだ」

「うん。でも、言箱をつかってもつかっても楽にならなくて、そんな時にたまたま詠子ちゃんに、つかったことあるかどうかを聞かれて、つい強い言葉で反応しちゃった。あの時の僕の態度は、僕の弱さそのものだった。ごめん」

「ううん。私も、ごめんなさい。私、あの時、自分のことしか考えられてなかった」

「そりゃあそうだよ。僕が、詠子ちゃんに自分のことを話してなかったんだから。でもね、ひとつ弁解させてもらえるなら、あの時、僕が言った言葉自体は、否定したくない。言箱や言珠をつかわないでいられるって、幸せなことだ。そしてね、僕は詠子ちゃんに、幸せであることを恥じない人でいてほしい」

　首をかしげた詠子を、おじさんは幸せそうに見つめる。

「僕は昔、幸せであることは恥ずかしいことだと思ってた。不幸の方がえらくて、強くて、やさしくて、優れてるって。でも、今はそんなことないって思ってる。だって、幸せでも不幸でも、僕らはみんな、幸せになるために努力をしていて、その努力や気持ちに優劣はないはずなんだ。堕落や傲慢は恥ずべきことだけど、努力の上の幸せに誇りを持つことは、ちっとも悪いことじゃない。だから僕は詠子ちゃんに、幸せだって胸を張れる人になってほしいし、そのためにはまず、幸せでいてほしい」

おじさんの、やさしいようで厳しい言葉が、詠子の胸の奥をまたかすかにふるわせる。

しかしおじさんは、詠子のその一瞬ひるんだ心を、見すてはしなかった。

「大丈夫。これから詠子ちゃんの人生には、たくさんの困難があるかもしれないけど、でも……」

そこでおじさんは、一度大きく呼吸をする。そして、言った。

「まちがえないで、詠子ちゃん。大人になるってことは、ひとりでなんでもできるようになるってことじゃない。親とか先生とか、そういう自分を守ってくれる人が少しずつ減っていっても、寂しさを持てあましたり、生きることの難しさに追いつめられたりしないように、僕らは子どもから大人になる間に、出会った人と心をつないでいくんだと思う。大人になるってことは、それぞれが生きるために必要なぶんの絆を増やしていくことであって、孤独になるってことじゃない。だから、大丈夫」

おじさんの「大丈夫」は詠子の耳に、とても頼もしく届いて、詠子はこの「大丈夫」の響きを、これからずっと長い間、自分がお守りにしていくであろうことを、この時にす

でに確信した。

だから、詠子は一度だけうつむくと、すぐに顔をあげて、笑って言った。

「うん。じゃあ、おじさん。さっそく私ひとりじゃできないことがあるから、お願い、聞いてくれる？」

「うん？　うん」

「来年の夏までに、おじさんの小屋にクーラーつけて。冬はなんとかなりそうだけど、夏はやっぱり無理！」

そう言って、すなおに音をあげた詠子に、おじさんは笑ってうなずいて、それから詠子とおじさんは、面会時間が終わるまでたくさん話をした。

たくさん、笑い続けた。

その時間、詠子は、とても幸せだった。

幸せ、だった。

第二章　大好きの倍数

「そっか。詠子、言葉屋にならないんだ」

それは、詠子がおじさんの病室を訪れてから少したった、冬に近づいた深い秋の日だった。詠子たちの中学最後の文化祭が終わった次の日のお休みの日に、詠子はふたたび喜多方屋を訪れていて、諭さんも言慈さんもいないふたりきりの工房で、語くんはどこかさっぱりとしたようすでそう言った。

「うん……」

語くんの言葉にうなずいた詠子は、思わず「ごめん」と続けそうになった声をあわてて止める。せっかく自由になったはずの声を、意識して消し去った。

たくさん考えた結果、語くんに謝罪の言葉は必要ないと、詠子はそう結論を出していた。

ていた。詠子のこの決断は、語くんの思想や努力を否定するものではないのだと、詠子にはわかっていた。

「私の場合、たった四年だけど、これまで言珠や言箱にまつわるいろいろな事例を見てきて思った。その人たちに本当に必要だったのは、実は言珠や言箱そのものじゃなくて、言珠や言箱をつかうべきかどうか、ていねいに慎重に考える時間だったのかもしれないって。でも、実際言珠や言箱みたいに目に見えるものがあった方が、勇気を出すきっかけになりやすいってことは確かだと思うから、私のこの判断が本当に正しいのかどうか、一〇〇パーセント自信があるわけじゃない。でも今は、私はこの方向性で進んでいきたいって思ってて、そう思えたのは、語くんのおかげ。語くんが、第一回言葉屋会議の時に、そもそも言箱のシステムはおかしいって、根本を疑う視点を教えてくれたから」

詠子の言葉に、語くんはゆっくりと神妙にうなずく。

「ん……。正直、ショックじゃないって言ったら、うそになるけど、詠子の言ってること自体に、思ったより反発とか抵抗の気持ちはない。むしろ納得してて、ちょっとくやしいってのが、本音」

語くんは、ふーっと長い息をつく。

そして、テーブルの上においた携帯をそっと指でなでた。

「でも俺、今してる研究は続けようと思ってる。人間としての理想は、詠子の言うとおりで、言葉屋がいらない世界だと思う。でも、今現在、人間みんなが強いわけじゃなくて、でも技術は心より先に進化するから、だから俺はやっぱり、この上で生まれるたくさんのドラマを悲劇にしないための研究を続けたい。そういう俺の努力が、詠子が見てる未来への過渡期のクッションになればいいと思う」

語くんはたんたんと、声に言葉を刻んでいくように言葉を一定のリズムで落としていく。

しかし、そこまで言い終えると語くんは、その美しく整えた声のもようを、急に一気にくずすように、声をちらかした。

「あーっ、でもやっぱ、くやしいな。言葉屋自体をなくすとか、俺、そこまで考えらんなかったし、勇気出なかった。人間の器の大きさ、見せつけられた感じがする！」

「や、まだ私、言ってるだけで、なにもなしとげてないし、実際にたくさん行動してる語くんの方が、私からすれば、ずっとまぶしいよ」

すると語くんは、いきおいでつっぷしたテーブルから、ほんの少し顔をあげる。自分の腕の間から、詠子の顔色をちらりと見る。

「……本当に？」

「え？」

「詠子、本当に、そう思ってる？」

「え？　う、うん、本当だよ」

詠子がとまどいながら何度でもそううなずくと、語くんはしばらくまた腕に顔をうずめたあとに、急にがばっと立ち上がり、無言で工房の外に消える。そして、詠子があっけにとられている間にすぐにもどってきて、詠子の前にまたどかっとすわった。

手には、どうやら自室から持ってきたらしい、大きな、とあるものを持っている。

「詠子がそう言うなら、本当は延期しようと思ってたけど、やめた。今日、言う」

「語くん、それ……」

「そ。あの時、詠子が俺につくれって命令した、俺の言箱」

「め、命令したわけじゃ……」

とまどいながらも、詠子は語くんが手に持っている大きな、とても大きな言箱を見つめる。理科の実験用の丸フラスコのような大きさのその言箱の中には、色とりどりの紙でできたたくさんの星が入っていた。それは、詠子が語くんに出会ったころ、言珠中毒で苦しんでいた語くんに詠子が提案した星生み言珠紙で、その時詠子は、語くんが誰かの言葉を正したくなって、しかしそれが場にそぐわなかった時、その言葉を言珠紙に書いて星形に折り、言箱に入れることで気持ちを落ちつけるのはどうかと、語くんに提案した。それ以来詠子は、実際にその言箱を見たことはなかったけれど、語くんは実際に言箱をつくって、そして、つかってくれていたのだ。それが決して三日坊主にならなかったことを、その言箱の中の大量の星が物語っている。星は、もう言箱をほぼ埋めつくしてしまうほどに、ぎっしりとつまっていた。

「すごいね。語くん、こんなに正したかった言葉があったんだ」

と、詠子がその量に感嘆していると、語くんは笑って首をふる。

「や、ちがうし。確かに最初は詠子の言うとおり、誰かの言葉を直したくなった時につかってたけど、そういう欲求はすぐになくなったから、一度この中、空にして、中の星は、夏に花火といっしょに燃やしたんだ。でも、詠子と須崎から紙、大量にもらってたから、それからは別のものを入れはじめた。だからここに入ってる星はぜんぶ、俺のちがうがまんの証し」

「ちがうがまん？」

「そ。これ、ぜんぶに詠子が好きって書いてある」

「……え？」

見れば語くんは、おだやかな笑顔の向こうで真剣な、そして少し悲しそうな顔をしている。

「詠子を好きになってから、ずっと言うのをがまんしてた。や、たまにもれてたけど、でも、わりと、がまんしてた。言っても詠子がこまるってわかってたから、これでも一応、がまんしてた。これくらいは、がまんしてた」

そう言って語くんは、手に持った言箱をふる。しかし、ぎっしりとつまった言珠星は密集してからみ合い、ゆれない。上の部分の数個しか、ゆれなかった。

語くんは、詠子をまっすぐに見すえたまま、続ける。

「詠子の好きなやつはわかってる。伊織だろ？　秘密あらしの事件の時に、さすがにすぐわかった」

語くんのあまりにストレートなものいいに、詠子の方が落ちつきをなくす。

しかし、語くんは気にしなかった。

「だから、今言っても無駄だ、詠子にちゃんと、俺のこと好きにさせてから言おうって、そう思ってた。でも、そう思うことで逃げてた部分もあったと思う。まだチャンスはあるって、自分に思いこませてた。でも、それももうやめる。チャンスとかじゃなくて、今、詠子をこっちに向かせる」

ゆらいでばかりの詠子とちがい、語くんはいつでも一直線だ。

その線が折れてもまた自分でつないで、立ち上がる。

「確かに最初は、詠子のことを好きになれたら、言葉屋の仕事でも自分にプラスになるっていう打算的な気持ちがあったと思う。でも、中一の文化祭の時のタロットで、この気持ちが恋かどうか考えてって言われて、考えた。ちゃんと、考えた。それで、恋だと思った。だから、そのあとはちょっとずるいこともした。最初の言葉屋会議を、ガラス張りのうちの店でしたのも、学校のやつらに目撃されたらうわさになって、外堀埋められるかもって思ったからだったし、職権濫用で、詠子のばあちゃんの店にたいした用もないのにしょっちゅう行ったよ。そうやってなりふりかまわず必死になってたら、もう恋かどうかなんて考える気にすらならなくなった。その時にはもう、とっくにどうしようもなく恋だった。だからさ、詠子。あの時、タロットで言ったことだけは取り消して」

語くんは、まっすぐだ。

「俺、詠子が好きだよ。この気持ちが恋であることだけは、認めてほしい」

語くんが、初めて小さな子どものように見えた。

そのくらい、語くんの瞳が、声が、詠子にすがっていた。

詠子は、その瞳を逃げることなく受け止める。

受け止めなければ、ならなかった。

逃げては、いけなかった。

そんなの、言われなくてもわかるよ、と笑ってはぐらかしたかったけれど、それもできなかった。言わなくてもわかることを、語くんは言ってくれた。それを、詠子は受け止めなければならない。

語くんと詠子はふたりとも、言葉屋の子だから。

だから、詠子は言った。

「ありがとう」

正解の言葉はわからなかったけれど、どうしても、「ごめんなさい」よりも「ありがとう」を先に言いたかった。

だって、詠子はこれまで何度、語くんに助けられたかわからない。

語くんは、出会った時からいつだって、詠子を引っぱってくれてきた。大きらいと言われた初対面の時ですら、詠子に言葉屋としての気持ちを引きしめるきっかけをくれた。竹内さんの会社に人工知能の研究の手伝いに呼ばれた時も、二つ返事で協力をしてくれて、詠子にはできなかった質問をして、空気をつくってくれた。言葉屋会議をしようと言って、いつでも詠子の同志でいてくれた。秘密あらしの事件で、詠子がしぃちゃんたちに言葉屋のことを話すべきかまよい悩んでいた際も、詠子に活を入れてくれた。詠子が自分の無力さに落ちこんでも、決して詠子を見すてはしなかった。聡里ちゃんと律くんのことで悩んでいた時も、話しづらかったかもしれない自分の話を明るくしてくれた。宇治原くんたちとの文化祭の企画を誰よりも絶賛して、詠子の気持ちを整理してくれた。来夢ちゃんを紹介してくれて、「ことだまり」につれていってくれて、新しい世界を見せてくれた。詠子が声を失って足がすくんでも、そのままでいいと詠子に価値を見つけてくれた。

何度も何度も、語くんは詠子に思いをくれた。時に行動で、時に言葉で、詠子に好きと伝えてくれて、いつも詠子に自信をくれた。ここで、語くんの気持ちに「さようなら」を告げることは、これからの詠子の人生から、その自信の源をうばうということで、本当のことを言うと、詠子はそれがこわかった。とても、こわかった。

いつも詠子をやさしく厳しく引っぱってくれる語くんと、このままこれからもいっしょにいれば、パートナーになれれば、詠子の気持ちはいつもずっとおだやかに支えられて幸せでいられる。

でも。

頭の中でどんなにそう思っても、わかっていても、詠子の呼吸が、それを許さなかった。詠子の気持ちはいつも言葉の中にあって、人と話す時はもちろん、自分でひとり考える時も、言葉が、思考の中で詠子の気持ちをつくり、支えて、そばにいてくれた。そして、詠子がその言葉を育んでいたのは、いつも本と手紙の中で、この四年間、そこにはいつも伊織くんがいた。

最初はただ、貸本文通のために伊織くんにどんな本をどのように紹介しようと考えることが、詠子の読書の一部になった。それが、いつしか読書の枠を飛び出て、詠子の力になった。これまではただ、物語を飲みほすように、自分の中に流しこむ読書しかできていなかったけれど、伊織くんに出会ってから、詠子は物語を、言葉を、自分の歯でかんで、舌で感じて、味わう深さを知った。そうして、荒けずりでも自分の力で消化したものを自分の血肉にした。この呼吸のように身に染みついている詠子の力の源は、伊織くんがくれたもので、詠子は自分のこの力を、これからも手放したくなかった。

語くんは詠子を、引っぱって導いて、助けてくれる。

伊織くんは詠子に、なりたい自分になるための勇気をくれる。

正解なんて、ない。どんな選択をしても、後悔する。

それでも詠子には今、勇気があった。

「ありがとう、語くん。でも、ごめんなさい。私、なりたい自分があるの。だから、語くんの気持ちには、応えられません」

卑怯にふるえそうになった声を、力ずくでなだめて、詠子は語くんにそう言った。

そして、語くんはそれを受け止める。しっかりとうなずいて、受け止めた。

「本当はこういう時、いい男って、気にしないでとか、冗談だよとか言って、相手のために自分の本気を隠すんだろうけど、俺はそれはしない。俺の本気が詠子を傷つけても、詠子に本気だって、伝えたかった」

詠子はうなずく。自分の中にわきあがった苦しさを、「ありがとう」という言葉で何度も散らして、うなずいた。

そのうなずきを見て、語くんはしかし結局、ふはっと笑う。

本気を、くずしてくれる。

「よし、詠子。でも、これだけ言わせて。これからの人生で、今後万が一、詠子が俺のことを好きになるようになることがあったとしても、俺、その時、今のこの自分の気持ちを思い出して、詠子とつき合うことはしないって決めてるから。その時は、もう一度、その時の詠子を見て、詠子のことが好きか考える。だから、俺のこの恋は、ここできちんとおしまい。でも、詠子は？　詠子はどうする？」

語くんの問いかけの先に確信が持てず、詠子はうろたえる。

すると、結局語くんは、詠子を導いた。

「伊織、留学するんだろ。聞いたよ。詠子が今、それを手伝ってるってことも」

語くんの言葉に、詠子は目をまるくして、それからゆっくりとうなずく。

「うん。伊織くん、中学卒業したら、私のお父さんのところに行くことになったの」

自分の言葉とともに、詠子は自然とその経緯を思い出して、あいまいな笑みを浮かべた。

詠子の声がもどり、しばらくしてから詠子は、伊織くんから報告を受けた。それは、詠子がイタリアに行く前に、伊織くんと約束していた「報告」で、伊織くんはこの夏休み、とうとうお母さんを説得することに成功し、留学先の学校もアメリカのとある高校に決まったという。しかし、寮生活をすることだけはどうしても不安だと、お母さんが最後まで渋り、信頼できる下宿先を探さなければならなくなったけれど、それがなかなか決まらないのだと言っていた。

その時から、詠子の中にはもやもやとした気持ちが立ちこめた。なにせ、伊織くんが報告してくれた、その伊織くんの進学予定の高校は、アメリカの西海岸、カリフォルニア。そして、その場所には詠子が知っている人がひとり住んでいて、その人のことを詠子は信頼できると思っていた。

けれど、その選択はどうなのだろう。伊織くんにとって、詠子にとって、そして、その人にとって、どうなのだろう。考えて考えて、さんざん考えて、しかしやがて、ひとりで考えてどうなることでもないと思い、詠子はとうとうある夜、その人こと、詠子のお父さんとビデオ通話をすることにした。

お父さんの住んでいるところの近くの高校に友だちが留学予定で、しかし下宿先が決まらずにこまっているのだ、と事前に伝えてから、通話をした。

通話がつながるなり、お父さんは少しこまった顔をしていたため、詠子はしまった、と思った。いくらなんでも、無茶を言いすぎたかと、どう弁解しようかあせった。

しかし、お父さんは言った。

「やあ、エイコ。きょう、明るいね。ヨカッタ。アノネ、サッソク、その話。びっくりなんだけど、ぼくね、ちょうどこの前、引っ越してね、あ、って言っても、アドレスはいっしょネ。でも、同じアパートメントの少し広い部屋に空きが出たから、そっちに引っ越したノ。前の部屋はチョットせまかったですし、あの、それに、エーット、もしかしたら、いつかエイコが遊びにきてくれるかもしれないと思って、エキストラ・ベッドルームね、ある部屋にしたんです」

お父さんはそう言いながら照れていて、そのようすを見ていると、詠子まで赤くなってしまう。それで詠子が言葉をさがしあぐねていると、お父さんはさらにまゆのはしを下げて続けた。

「だからね、ぼくもずっとひとりぐらし、さみしかったし、エイコを助けられたり、エット、エイコとつながりができたりすることが、とてもうれしいので、ホームステイの留学生、とってもウェルカムなんだけどね、でも、その子、女の子だよね？　ぼくは男性なので、そうすると、ちょっとムズカシイんじゃないかと思って」

画面の向こうで、お父さんはとてもこまっていて、詠子は目が点になる。

そうだ、伊織くんについてなんと説明すべきか考えあぐねた結果、ただ「friend」だと伝えてしまっていた。それではお父さんも、こんな顔になるだろう。

それで、詠子はあわてて言った。

「あ、あの、お父さん、ちがうんです。その子、男の子です！」

その事実が、通話をはじめてからずっとこまっていたお父さんの混乱を、止められればいいと願った。しかし、詠子の言葉に、お父さんの表情がかたまる。

「エ」

と、一文字、今まで詠子が聞いたことのない、ぎゅっと押しつぶされたような声を出して、お父さんはかたまった。それから、お父さんは目に見えておろおろと、また新たな混乱におそわれて、目をさんざん泳がせたあとに、威厳を取りもどそうとするように胸をはった。

「ア、ソーナノ。お、男の子なノ。ソーナノ……。なら、問題ない、ですね。問題、ない……。ウェ、ウェルカムですよ」

胸をはっているのに、お父さんの肺の中の空気はぐるぐるとしっかり動揺したままで、しかし、詠子がなんとも言えずに結局、「ありがとう」と言って笑うと、お父さんは画面の向こうで少し目をしょぼしょぼとさせたあとに、意を決したように強くうなずいた。

「はい。そう、ウェルカムです。うん、その子のこと、オトーサンが、見つめるよ！」

と、そこまで思い出すと、詠子は思わず、思い出し笑いをしそうになる。

お父さん、「見極めるよ」って言いたかったのかな。

お父さん、自分のこと「お父さん」って言ったな。

私も、お父さんのこと、「お父さん」って呼んだな。

と、一度思い出すと、お父さんとの会話の中のいろいろなところがおかしくなってしまい、詠子はあわてて表情筋を引きしめる。語くんの前で、へらへらするわけにはいかなかった。

それで詠子は、意識を今にもどして、語くんに向かって続ける。

「たまたま伊織くんが行く予定の高校が、お父さんの家の近くで、三月から伊織くん、お父さんの家から語学学校に通うことになったの。それで九月から、高校に。お父さん、一人暮らしだし、伊織くんのご両親心配するかなって思ったんだけど、この前、ビデオ通話で初めて話して、一応安心してくださったみたい。お父さんがいざっていう時は日本語も少しわかることと、あと、お父さんの仕事が大学教授だってところがよかったのかな」

大学で研究員をしていたお父さんが、いつのまにか教授になっていたことを知ったのは、詠子も最近のこと。ただ幸いそれは、伊織くんのお母さんにとって、とてもすてきな響きだったようで、ほっとした。詠子のお母さんと結婚歴があり、詠子という家族がいることも、少しは安心材料になったのかもしれない。もちろん、伊織くんのお母さんも一度、留学前に伊織くんと渡米し、実際に詠子のお父さんに会って、最終確認をする手はずにはなっていて、伊織くんの留学をサポートしてくれる機関の人とも、詠子のお父さんは面談することになっている。その後もその機関が伊織くんを定期的に助けることになっていて、要は伊織くんの留学の準備は順調に進んでいた。

詠子としては、自分も最近になってやっと話せるようになったお父さんと、ほかでもない伊織くんが、これから長くいっしょに暮らしていくということに、不思議な気持ちをいだかないわけではなかったが、ビデオ通話を介して話した伊織くんの誠実なようすにお父さんが安心し、伊織くんもまた、お父さんの親近感をいだきやすい雰囲気にほっとしたことは純粋にうれしかった。

ただ、だからこそ。

詠子は、複雑な表情で、語くんに打ち明けた。

「だからね、結果としてはよかったと思ってるし、後悔はしてないはずなんだけど、でも、なんだか私、自分で自分の恋を複雑化しちゃったみたい。変に伊織くんに恩を売るようなことになっちゃって、これじゃあ、私が気持ちを伝えると、伊織くんが断りにくくなる。だから、今は身動きできなくて、結局これからもしばらくは、今までと同じ、ただ、想うだけになるかもしれない」

すると、語くんが肩をすくめる。

「そ？　詠子がそう思うなら、別に止めないけど、でも俺は、そうやって自分の中で物語を完結しなくてもいいと思うけどね。恩を売られたのかどうか、判断するのは伊織だし、別に伊織がもともと詠子のこと好きだったら、なんの問題もないわけだし。ただ、さ」

軽い口調で言葉を刻んでいた語くんの声がそこで止まり、語くんの視線が一瞬、宙を泳ぐ。そして、小さく息をつくと、語くんは続けた。

「これは負け惜しみとかじゃなくて、ただ、念のため言っておきたいだけなんだけど」

語くんが、詠子を見る。

「詠子。しがみついたら、その恋はもう終わりだよ」

語くんの言葉に、詠子は目を見ひらく。語くんは、詠子の広がったその目がよけいなものを見ないようにするかのように、詠子の視線をつかんではなさずに続けた。

「長い間ずっと想って、時間も心も労力も費やして、たくさんの自分をそそぎこんで、だからこそ、その想いを成就させないとダメだって思っちゃったら、その恋はたぶん、もう終わりだと思う。これだけがんばったんだから、見返りがないとあきらめられないとか、結果が出るまでやめられないって心理におちいったら、そこからはもう、相手も自分も心がすりへって疲弊していくだけだと思う。俺、詠子に恋してわかったよ。恋は、相手の気持ちを得ることだけが目的の物語じゃない。恋は、それを通じて自分と向き合って、自分を変えて、自分を好きになっていく、自分のための物語でもあるんだ。だから、どんな結果になったって、無駄な恋なんてひとつもないんだと思う。誰かに恋した時間は、絶対自分の力になってる」

　そう、いつになく落ちついた声で言い切った語くんが、詠子の恋の話をしているのか、自分の恋の話をしているのか、わからなかった。もしかすると、同じ恋の話をしているのかもしれない。少なくとも、きっとどちらにも、熱くて、苦しくて、でも心の奥には、しんと耳をすませている静かな湖のような気持ちがある。だから詠子は、そのみなもに映った自分を見つめながら、うなずいた。

「うん。なってる。自分の力に。それに、相手の力にも。恋は、恋をしてもらった人にとっても、一生の宝ものになる。その相手が、自分の尊敬する人なら、なおさら」

そう言って詠子は、みなもから顔をあげ、語くんを見る。

ふたりは、しばらく無言で視線を共有すると、それからお互いやわらかく笑って、この恋の最後の時間を過ごした。その間詠子はずっと、自分がこの時間のことをずっと忘れないだろうという予感に、心のはしを静かにつねられていた。

その場所はきっと、生涯あわく痛み続けるだろうと、そう思った。


それから、季節が冬へ冬へと近づいて、空気が少しずつ冷えていく中、詠子は自分で思っていたよりもずっと、落ちついて受験勉強に集中することができた。この夏から、本当にいろいろなことがあったけれど、改めて勉強をしようと机に向かった時、ふと、まるでつきものが落ちたかのように、知識が頭の中に入った。自分がこれまで、いわゆる「勉強」がうまくできなかったのは、テスト勉強の中の言葉を、ただ単語という点でおぼえようとしてしまってきたからなのだということに、急に気がついて愕然とした。教科書に書かれていることを物語として線で読むこと。その物語の裏と表を知ること、問題文の書き手を想像し、その意図を考えること。そんなふうに少し意識を変えると、急に視界がひらけた。この感覚を、もっと早くに知りたかったと、詠子は集中の中で苦笑して、それでもこの感覚に出会えたことに、とても感謝した。ひとりではこの感覚に出会えなかったことがわかっていたからこそ、感謝した。

そして、冬が少しだけ春にかたむいたころ。

詠子は無事、志望校に合格した。

おじさんも、その結果をとてもよろこんでくれて、合格発表の夜は、おばあちゃんのお店の二階で、みんなでパーティーをした。

それから卒業式までの間に、おじさんはまた、引っ越しをした。

引っ越し先は、詠子のマンションの三階。ちょうど最近、ひとつの部屋に空きが出たため、そこに入ることにしたのだ。おじさんは最初こそ、詠子に負担をかけることになるかもしれないからと、とても渋っていたけれど、おばあちゃんの家は坂の上で、エレベーターもない。ならば、どう考えてもマンションの方がいいだろうという話になると、閉口した。今後、おじいちゃんとおばあちゃんが亡くなってしまったあとのことを考えると、住環境としては、あのお店は、これからのおじさんには厳しいものになることは明白だった。

そのことを詠子が説くと、おじさんは、たとえこれから自分がどんな状況になっても、詠子ひとりが過度な負担を負うことのない体制を慎重に慎重に検討したあとに、引っ越すことを決めた。

引っ越しが決まってからは、おじさんの顔はどこかさっぱりとしていて、病気のことを詠子に告げた時のような、悟りをひらいたおじいさんのような顔はしなくなった。そのかわり、詠子の前でもたまに不安そうな顔を見せたり、必死になって汗をかいたり、うまくできないことにいらだったりするようになった。それは時に詠子に、なんともいたたまれない居心地の悪さをもたらしたけれど、おじさんがなりふりかまわず挑戦しはじめたことは、すなおにうれしかった。おばあちゃんの家を出たおじさんが、これからを生きていく準備をしているのだとわかって、うれしかった。

そうしていろいろなことが落ちついて、やっとほっと一息ついた夜。

お母さんのパソコンを借りて、お父さんと短いビデオ通話を終えた詠子がお母さんの部屋から出ると、居間で仕事帰りのお母さんが、スーツ姿のままコーヒーを飲んでいた。

「あれ？　おかえりなさい。ごめん、気づかなくて。パソコン、借りてた」

詠子があわててお母さんにあやまると、お母さんはマグカップを持ったまま、ゆっくりと首をふる。

「うん、聞こえた。大丈夫、今、帰ってきたばっかりで、着替えるのもめんどくさいなーって思ってたくらいだから。あー、つかれたー。もー、今日はアイス食べちゃおっかなー」

お母さんはそう言ってマグカップをおくと、うんと両腕をあげてのびをする。

マグカップは、以前詠子が誕生日にプレゼントした、コーヒー色の大きなマグカップだ。中にはまだたっぷりとコーヒーが入っている。

それで詠子が笑いながらキッチンに向かい、「バニラアイスにコーヒーかけて、なんちゃってアフォガートにする？」と声をかけると、お母さんはのびをしていた腕をぴたりと止めて、目をしばたたかせる。

「詠子、アフォガートなんて知ってるの？」

「うん。前におじさんが教えてくれた」

「そっか……」

そう言ってだまってしまったお母さんのもとに、詠子は耐熱のガラス容器に入れたアイスを二皿持ってもどってくる。まよった結果、詠子も食べることにした。それで詠子がテーブルにアイスをおいて、お母さんの前の席にすわると、お母さんは「ありがとう」と受け取りながら、

「詠子もコーヒーかける？」

と、マグカップを詠子に差し出す。詠子はやんわりと首をふった。

「ううん、ありがと、大丈夫。眠れなくなるとこまるから」

するとお母さんは、どこか安心したように笑う。

「そっか。よかった、そういうところはまだ子どもっぽい」

「そう？」

「うん」

それからお母さんは、無言で自分のアイスにスプーンで何杯かコーヒーをかけると、しばらく口はつけずに、じっと見つめる。見つめたまま、ぽつりと、言った。

「ねえ、詠子」

「ん？」

「声、出るようになってよかった」

お母さんの、急に神妙になった声に、すでに数口のアイスを口に運び終えていた詠子は、おどろいて顔をあげる。すると、少しつかれた顔をしているお母さんと目が合った。

「詠子の声がもどって、本当によかった。ごめんね、私、あの時、なんにもできなかったけど、ずっと心配してた。声が出ないってこと自体よりも、詠子が苦しんでいるのを見るのがつらかった。ずっと、代われるなら代わりたかった。でも今、詠子が落ちついて、安心した」

　ふだん、こうして問題の核心にふれるような話をしないお母さんが、急にまじめな調子でそう言うものだから、詠子はついどぎまぎして、むずがゆくなった頬をごまかすように早口になる。

「ど、どうしたの、急に」

「うん。ごめんね、今さら。ただ、これからこういう夜ももう何度もないかもしれないと思ったら、急に言ってみたくなったの。私はこういう人間で、おとぎ話に出てくるようないわゆるいい母親じゃないけど、でも詠子のことを心配したり大事に思ったりしているってことは伝えたかった。……なんて、詠子からすれば、今さら母親づらしないでって話だろうけど」

　お母さんの言葉で表情を止めた詠子に、お母さんは笑って首をふる。

「いいの。私は自分の母親に、それを言えなかった。けど、胸の中からはその言葉がずっと消えなくて、こじらせてこじらせて、かわいげのない大人になった。自分の娘にすら、すべてが落ちついた偶然の夜にしか、こうして気持ちを伝えられない。でも、あなたについては、私、それでもあんまり後悔はしてないの。だって、詠子はちゃんといい大人になれそう」

お母さんは終始少しだけ寂しそうな、けれど、おだやかな笑顔で話をしていて、詠子はそれをどんな表情で聞けばいいのか、まだわからなかった。あいづちすら、うまく打てずに、首を縦にも横にもふれずに、かたまった。

ただお母さんは、詠子にわざとそうさせてくれているのかもしれないと、途中で気がついた。自分が首をどちらかにふれば、お母さんが傷つくかもしれないと、詠子がそういう悩み方をする性格だとわかっているからこそ、詠子にリアクションを要求せずに話し続けている。そんな気がした。

「あなたにとって私は、スーパーパーフェクトな母親じゃなかったと思う。でも私は、子どもの話をじっくり聞いたり、問題をいっしょに解決しようって頭を悩ませたり、失敗に手を焼いたり、たまに手を出しすぎてケンカしたりっていう、そういう親の権利を、自分の意思でいろんな人とわけ合えてよかった。だってその結果、詠子は今、ちゃんと人に頼ったり頼られたりすることができる人になってるから。ころんだら誰かが手をさしのべてくれて、詠子はその手を感謝しながらとれて、そこからまた自分で歩ける人。ころんでいる人がいたら、駆けつけられる人。だから、詠子は大丈夫。ちゃんと大人になれる。そして、大人になれるってことは、まだちゃんと子ども」

お母さんが、やっと自分のアイスにスプーンを入れる。アイスはすでにとけかけて、コーヒーとマーブル模様をつくっていた。

「詠子。これからはじまるのは、あなたの最後の子ども時代。それを、くさって過ごしても閉じこもって過ごしても、はっちゃけって過ごしても、どう過ごしてもいい。ただ、もったいなくは過ごさないで。これまでのあなたの子ども時代と、これからあと少し続くあなたの子ども時代は、これから先何十年も、あなたが立ちかえることになる宝箱になる。楽しいことも、つらいことも、ぜんぶ宝になるから、たくさんたくさん入れておいて」

そう言ってお母さんが、なにかをごまかすように詠子から目をそらし、一口目のアイスを口に入れた時、詠子の首はやっと動いて、声も出た。

詠子はうなずいて、そして言った。

「うん。わかった」

その声を受けて、お母さんは首のこりをとるように、首をまわす。

「あーあ、三十年ぶんくらい一気に母親ぶっちゃった。もっと小出しにしたかったのに」

そんなお母さんに、詠子は笑って、たずねる。

「ねえ、お母さん。すごく今さらなんだけど」

「んー？」

「お父さんとお母さんって、どうして離婚したんだっけ？」

お母さんの首が止まる。

何気ないふうをよそおってたずねたけれど、本当は詠子もどきどきしていた。

ただ、せっかくの夜だから聞いてみたいと、そう思った。

するとお母さんは、一瞬かたまった表情をすぐにくずして笑う。

ただその笑顔は、ごまかしの笑顔ではなく、純粋なあっけらかんとした笑顔に見えた。

「ただ、文化がちがっただけよ」

「……文化？　えっと、それは、アメリカと日本って話？　あ、イタリアもか」

「ううん。そういう国単位の文化じゃなくて、なんていうか、人の話。人なんて、結局みーんなひとりひとりちがう文化を持ってて、暮らしてみないとわからない文化のズレってあるのよね。いっしょに暮らしてみて初めて、自分がなにを許せて、なにを許せないかを知ることもあるし、いくら好きでもその人と四六時中いっしょにいてなんでも共有することが幸せとはかぎらない。がまんやすり合わせやゆずり合い、協力の心はもちろん重要だからその努力をせずに結論を出すことはおすすめしないけど、でも、人を好きでいるためにはそれぞれに適した距離っていうのがあるのよ、たぶん。私はダンのことが好きで、これからも好きでいたかったから、この距離を選んだの。詠子が望んだかたちじゃなかったかもしれないけど、信じて。あのままでいたよりは、今の方が絶対いいって、私、それだけは確信を持ってるの」

と、そこまで力強く言い切るとお母さんは、そこで少しあわててつけ足す。

「ただね、詠子。後学のために伝えておくけど、人をきらいって思うことをこわがりすぎもしないで。本当に大切な人との関係は、その人のことをずっとずっと好きでいなきゃいけないってことじゃないと思うの。人を傷つけないように、大切にすることも大事だけど、傷つけ合ってもいっしょにいたい、わかり合いたいって思うことも大事。これだけいろんな考え方をする人がいて、人間誰一人も同じ人なんていないのに、人を常に一〇〇パーセント好きでいるなんて無理。ただ、それでも大好きな人と長く関係を続けられるのは、何度その人のことをきらいになったとしても、何度でもその人のことをまた好きになれるから。だから、きらいって思う気持ちを無理に封じこめなくても大丈夫。それは、あなたがその人のことを、きらいなところも発見できるくらい深く知れたってことで、本当に大切な人なら、また好きになれるから。本当よ」

詠子はお母さんの話を聞きながら、自分のアイスを最後まで食べ終えて、頭の片すみで少しだけ別のことを考える。

ずっと、お母さんとおじさんは似ていないと思っていたけれど、こうしてゆっくり話すと、話し方がよく似ている。つかれている時ほどよくしゃべり、言葉選びがちょっぴりくさくなる。それに……。

詠子は、くすりと笑ってスプーンをおく。そして、言った。

「お父さんも、前に、似たようなこと言ってた」

すると、お母さんは今までいちばん大きく目を見ひらいて、それから動揺する。

「そ、そう?」

そう言うとお母さんは、赤くなった頬をごまかすように、もはやスープ状になったアイスをワイルドに飲みほす。そして冷えた口にコーヒーを運びながら、肩をすくめた。

「そうだ、詠子ももう高校生になるし、出張、もうちょっと入れても大丈夫よね? よ

ーし、これからバンバン、アメリカ出張入れてもらおーっと」

そんなお母さんに、詠子は笑ってうなずく。それから、お母さんがコーヒーを飲み干すまでの間に、詠子は心の中にひとつの言葉を飲みこんだ。

ありがとう、お母さん。

お母さんがくれた寂しさが、私を強くした。

詠子はその夜、ふたりぶんのアイスの器を洗いながら、その言葉を自分の胸の中の言箱に、そっと入れた。


そして、中学の卒業式が終わった次の日。

詠子は、伊織くんと会った。

待ち合わせは、図書館の前の桜の木の下。

伊織くんは、三日後に渡米する予定で、だからこの日が、詠子が留学前の伊織くんに会える最後の日だった。その日、詠子はわたしたいものがあるからと、自分から伊織くんに会う約束を取りつけた。そして、詠子がいつものように待ち合わせ時間よりも少し早くにその場所に向かうと、伊織くんはやはり伊織くんらしく、すでにそこにいて、花壇に体をあずけながら、ぼんやりと桜の木を見上げて立っていた。

二年前と同じ光景に、詠子はくすりと笑ってしまう。しかし、今日、詠子が伊織くんにわたそうとしているものは、二年前とはちがうものだった。

「これ、よかったら伊織くんに持っててほしくて」

たわいのないあいさつのあと、詠子がそう言って、かばんから取り出した細長い袋をわたすと、伊織くんは、おだやかな笑顔でそれを受け取ってくれる。

「ありがとう。なんだろう、見てもいい？　ペンかな、杖かな」

そう言って、伊織くんは顔をほころばせた。

二年前、詠子はここで、魔法の杖のようなデザインのペンを、誕生日プレゼントとして伊織くんにわたしたことがある。そして伊織くんはそれを、自分の輪郭を描くためのお守りとして、詠子たちが小学五年生のころにクラスおそろいでつくった虹色の組紐がついた筆箱にずっと入れてくれていた。

詠子が今わたしたものも、ちょうどペンと同じくらいのサイズで、伊織くんがそう思うことはとても自然なこと。

でも、袋から中身を出そうとしている伊織くんを見ながら、詠子は首をふる。

「ううん。ちょっとちがうの。遅くなっちゃったけど、イタリアのおみやげ」

詠子のその言葉の終わりとともに、それが、袋から伊織くんの手にすべり落ちる。

「え？　……筆？」

伊織くんはその小さな細い筆を、折らないようにと大切に持ちなおすと、改めてしげしげとながめる。詠子はうなずいた。

「うん。小筆。筆先のかたまってる青い絵の具はね、ラピスラズリっていう宝石からつくった粉末を、琥珀の香りでといたものなの。色の名前は、ウルトラマリン。これ、夏にイタリアで、伊織くんに助けてもらったあの暗号を解く時につかった筆なんだ」

「すごい。きれいな青だね」

「うん。……ごめんね、こんな、なににもつかえないものわたして」

わたしておきながら、詠子は急にそのことが恥ずかしくなって赤面する。

それは、夏に詠子がイタリアの鉱石王の館で、鉱石王のハンドブックの謎を解く際につかった絵筆で、鉱石王が詠子の泊まった部屋のベッドサイドに用意しておいてくれたその筆を、詠子はその後、鉱石王から正式にもらい受け、持って帰ってきた。記念にと、その時につかったラピスラズリの宝石絵の具はあえて筆先につけたままにしており、水気を失いすっかりかたまったその絵の具は今、また宝石にもどったかのようにしっかりと筆にのっている。

しかし、通常の用途ではそうそうつかうことのできないその筆は、おみやげや餞別にするにはあまりに役立たずで、本来ならば決して適してはいない。

それでも伊織くんは、うれしそうに笑った。

「そっか、すごいね。須崎先生……哲のおじいちゃんちの小筆ちゃんに、暗号に、外国。俺らの歴史がたくさんつまってる。これも魔法の杖みたいだし、でも、これじゃ俺には書けないところがすごくいい。うん、俺は向こうで、ちゃんと自分で書くもの見つけてくるよ。ちゃんと、書けるようになる。ありがとう、うれしい」

そう言って、伊織くんはわかってくれた。

それで詠子は、あわてて視線を伊織くんからそらし、ふいにこみあがった涙をかわかす。すると伊織くんは、そんな詠子の気持ちを代弁するかのように、小筆を袋にもどしながら、ぽつりと言った。

「でも、寂しくなるだろうな。正直、すでに寂しい」

それで詠子は、伊織くんのその意外な言葉に顔をあげて、伊織くんの顔を見た。

その笑顔の裏には確かに、不安げな寂しさがあって、詠子はきゅっとこぶしをにぎる。

すると伊織くんは、すぐに首をふった。

「でも俺は、今、詠子がこれをくれたから大丈夫。……あーっと、で、俺のは、こんなすてきなやつじゃないんだけど、俺からも、これ」

そう言って伊織くんは、ポケットから小さな袋を取り出すと、詠子にわたす。

「詠子には、ここまで本当にお世話になったから、なにかわたしたくて。でも、詠子のみたいに気が利いたものじゃなくて、ちょっと恥ずかしいんだけど、でも、よかったら」

「そんな、あ、ありがとう……」

まさか伊織くんからなにかをもらえるとは予想していなくて、詠子はついあわててしまう。そして、「あけるね」と詠子がその袋をあけている間、伊織くんはどこか照れくさそうになため上を向いて、頰をかいていた。

そして、それが詠子の手の上にころんところがり出た時、詠子は息をのんだ。

こんなことがあるのだろうかと、奇跡を信じてしまう。

詠子は、思わずうわずった声で、言った。

「……雨のガラスの、虹の、首飾り……」

その言葉どおり、伊織くんが詠子に選んでくれたものは、華奢なチェーンの先に一粒の小さな水滴のかたちをしたガラスのチャームがついた首飾りで、うつくしくカットされたガラスのチャームは、光を受けると虹色に光ってやさしくゆれた。

「え？　あ、う、うん、ネックレス。ごめん、こんなちょっとしたもので。というか、趣味じゃなかったら、ごめん。無理につかわなくていいから」

詠子があえて「ネックレス」ではなく、「首飾り」という言葉を選んだことにとまどったのか、伊織くんがあせったようすで言葉を走らせる。

それで詠子はぶんぶんと首を横にふった。

「ありがとう。すごく、最高のプレゼント。とってもうれしい」

どうして最高なのか、どうしてうれしいのか、本当はもっと説明したかったけれど、胸がいっぱいで言えなかった。それでも伊織くんはほっとしたように息をついて、手に持ったままだった詠子の筆を、背中のリュックにしまおうとする。

詠子はすぐにはネックレスをしまえず、しばらく手のひらでその光を観賞した。そんな詠子の反応に照れてしまったのか、伊織くんはリュックのジッパーをしめながら、声の調子を変えて言った。

「そういえば、イタリアのあの時の暗号の答え、結局、なんだったんだっけ？　詠子、今度教えるって言ったまま、教えてくれなかったから。俺、イタリアのおみやげは暗号の答えをお願いしてたのに」

と、伊織くんがめずらしく、詠子をからかうように首をかしげる。

それで詠子は、あわてて手のひらの上の光をつつみこむと、急に出てきた手汗でその光がすべり落ちないようにと、急いでそれを袋にしまう。

「あ、そっか、そうだね、言ってなかったよね……」

袋にしまうと、少し悩んで、それをポケットに入れた。

詠子は、ガラスをポケットに入れておくことには慣れている。

それで、その慣れにそうように、詠子はポケットに入れたそのガラスを服の上からそっとなでた。

そして、答えを口にする。

「……大好き」

「……え？」

「あ、あの、その暗号の答え。英語で、I love you って書いてあったの。あの、だから日本語だと、『大好き』というか、あ、どちらかというと『愛しています』だよね」

「あ、ああ、そっか、暗号……。そうか、そうだったんだ」

「うん」

それからふたりはまたもじもじと、気まずい無言を共有して、ともに視線を泳がせる。

言わなければと、詠子はそう思って、もう一度ポケットの中のガラスをなでた。

でも。

先に言ったのは、伊織くんだった。

「あのさ、詠子」

なにかを決心したかのようなその声に、詠子はびくりと体をこわばらせる。

けれど、もう逃げることはできなくて、詠子もゆっくりと息をすうと、意を決して伊織くんを見上げた。

見れば、伊織くんはとても真剣な瞳で、詠子を見ている。

「俺、本当は今、詠子にすごく言いたいことがある」

「……はい」

「でも、今は言わないでいたいって思ってる」

「……うん」

伊織くんの表情は真剣で、でも少し苦しそうで、それで詠子はその葛藤を、ただ、受け止める。こぶしをきゅっと小さくにぎって、受け止める。

すると伊織くんは、小さく深呼吸をすると、ゆっくりと大切に言葉を選びながら言った。

「俺、小学五年生の時に詠子の『教室図書館』の本を読んでから、詠子のことがずっと気になってた。詠子に本を借りるようになってからもずっと、最初は本を読んでる時、それからすぐにそれ以外の時も、『古都村さんならどう思うだろう』『詠子ならどうするんだろう』って、そう考えるのがくせみたいになった」

詠子は、小さくうなずく。

本当は、もっともっと大きく、たくさんうなずきたかった。

同じだよ、私もずっと同じだったよ、と声に出して言いたかった。

でも、伊織くんの声がはらむ小さな予感が、詠子の声を止めた。

「だからあの時から俺、勝手にずっと詠子に支えてもらってて、本当はもっと早くに詠子に伝えてありがとうって言って、俺もそのくらい詠子の支えになりたいって言いたかったんだけど、でも、ごめん、ずっと、言えなかった。詠子との関係があまりに大切で、たとえばそれを恋とか愛とかにすることでこわしてしまうことがこわかった」

伊織くんが「恋」と「愛」という言葉をとても慎重につかったことが、声でわかった。その声は、詠子の鼓膜をあまりに切なくふるわせて、詠子は思わず胸の前にこぶしをおく。

伊織くんは首をふって、首のうしろに手をやった。

「踏み出そうと思ったこともあったけど、しっかり言葉にしようと思うと、足がすくんだ。俺、その、正直に言うと、ちょっと女性が苦手で……」

そう言ってうつむいた伊織くんの視線の先に、詠子は伊織くんのお母さんの姿を垣間見てしまう。それが正しいことがわからなかったけれど、伊織くんはまるで詠子のその視界に言葉をつなげるように続ける。

「しぃちゃんや詠子はそうじゃないってわかってるつもりだったけど、踏みこむことで俺の思う女性のこわさを詠子の中に見るかもしれないことが、こわかった。だからずっと、俺にとって心地いい関係をくずせなくて、いつも詠子がくれる文字の中に、俺にとって都合のいい詠子ばっかり見てた。面と向かって話すより、手紙とかメッセージとか、文字の中から詠子を集めて、俺の中に俺の好きな物語を勝手につくってた。でも最近になって、詠子とこうして直接話す機会が増えて、詠子の声とか表情とかを感じられるようになって、今までもやもやうじうじ考えてたことがふっとぶくらい、もっと詠子のそばにいたいって思うようになった。ちゃんと詠子のことが知りたいって思った。自分に都合のいい情報を選べなくなるくらい、ぜんぶ知りたいって思うようになった。……でも」

でも。

ずっとただよっていた予感が、その小さな二文字の中にぎゅっとおさまる。

「でも、俺は三日後にはここからいなくなって、いつ帰国するのかもまだ決めてない。時差もあるから、これからもどうがんばっても結局、詠子とは文字ベースの関係のままになる。まだ、物語からは出られない」

物語。その言葉は、くしくも昔、詠子たちが小学五年生だったころ、詠子も恋の中で出会った言葉だった。須崎くんからもらった手紙を、伊織くんからだと思いこんで、自分の気持ちが恋なのかどうかわからなくなった時に、詠子も思った。自分はただずっと、自分の中の物語に恋をしていただけだったと。

あの時、詠子は物語から出たつもりだった。

でも、伊織くんの話を聞いている今、その自信がゆらぐ。

本当に？　本当に私は、物語から出られていただろうか。

伊織くんは、大切に大切に詠子を見ている。瞳が、視線が、やさしい。

「物語のままでもいい、それでもこの関係に名前をつけるために前に進みたいって、気持ちを、伝えたいって何度も思ったけど、それをするには俺にとって詠子はあまりに大切で、少しの傷もつけたくない。だから……。だから詠子」

逃げたかった。

詠子は今、伊織くんのやさしいまなざしから、やわらかい言葉から、逃げたかった。

でも、逃げなかった。

詠子のポケットには、虹があったから。

だから逃げなかった。

「今は、物語のままで。それでいつか、詠子のそばに帰ってこられた時に、また聞きにこさせてほしい。物語から出てもいいかどうか」

伊織くんは、一生懸命言葉を隠していた。

たくさんの言葉を駆使して、詠子をしばる言葉や傷つける言葉を隠していた。

詠子は本当は、その言葉がぜんぶほしかったけれど、その言葉ぜんぶで、物語をこわしてほしかったけれど、たとえそれでこわれるものがあったとしたら、またつくりなおせばいいと信じられるだけの言葉がほしかったけれど、伊織くんはその言葉をぜんぶ隠して、詠子にはわたさなかった。それが伊織くんのやさしさで、それを詠子は責められない。詠子だって今、伊織くんの言葉をさえぎってまで、その思いを伝えられはしなかった。

ふたりはそういうふたりで、そういう伊織くんを、詠子は好きになった。

好きで、あの時からずっと好きで、詠子は伊織くんを「きらい」だと思ったことが、今まで一度もなかった。ずっと物語の中にいたのは、結局詠子も同じ。

だから今は、物語のままで。

これからはじまる数年間で、ふたりがまたちがう物語に出会った際に、その物語の相手と、物語の玉手箱をひらいて関係を進められるように、この物語がその足かせにならないように、今はこの物語のふたりはそっとしめておく。いつか本当に大事にできる時がくるまで、きれいなまましまっておく。

これはきっと、情けない選択。

勇気が足りない、弱くてずるい関係。

それでも、それをわかった上で、詠子は心の中で思った。

私は言葉屋にはならないから、言箱も言珠もつかわない。

だから、このずるさも弱さも情けなさも、ぜんぶぜんぶ、私のもの。

詠子は自分の中のその言葉をしっかりと見つめて抱きしめると、こぼれ落ちそうになった涙をごまかすように上を向いた。

詠子たちの上には、つぼみがふくらんだ桜の木。

そのつぼみを見ながら、詠子は笑った。

「……この桜が、八重桜だったらよかったのに」

「え？」

ソメイヨシノから視線をおろして、詠子は伊織くんにほほえむ。

「この間、おじさんから聞いたの。人間には、六次の隔たりっていうものがあるんだって」

そう言って詠子はとつとつと、おじさんから聞いたその話をかいつまんで伊織くんに話す。そして、言った。

「この桜の花びらは五枚で、六枚には一枚足りない。世界のぜんぶにはあと一歩届かないんだなって」

すると伊織くんは詠子と同じようにほほえんでうなずく。

「そっか、間の六人に、自分と相手を足したら八人。八重桜は八枚、か」

詠子はうなずく。

八は、虹よりひとつ多い数。1オクターブよりもひとつ、多い数。

八は末広で、8を横に向けると無限大のマークのようになって、メビウスの輪のようにも見える。広くて永遠で、途方もないくらいに先が見えない。終わらない。

それで詠子は、ポケットの中のものを、もう一度取り出して胸の前でにぎった。

その中の七つ色を、大切にした。

「伊織くん、ありがとう。これまで支えてもらってたのは、私も同じ。伊織くんからもらったものは、もう私の心の一部になった。だから伊織くんも、私がこれまで伊織くんになにかできたことがあったなら、これからはもうそれを自分のものだと思ってほしい。でも、それでいつか、また……」

詠子は、胸の前で虹をにぎる。

消えない虹をにぎる。

「……いつかまた、出会いなおせたらうれしい」

詠子の言葉に、伊織くんは目を見ひらいて、しかしすぐにうなずく。

「うん」

と、伊織くんは、大事ななにかにピリオドを打つように、やさしくそううなずいた。

「……伊織くん。いってらっしゃい」

と、詠子は青い空の下で、そう言って伊織くんのせなかを、見送った。

それから三日間、詠子は楽しいことと新しいことを、たくさん考えた。

春休みには、予定がたくさんある。

部活動に力を入れている高校に進むことになったしぃちゃんと須崎くんは、詠子とはとうとう学校がわかれる。語くんは意外にもばなちゃんと同じ高校に進むことになり、ふたりはインターネット上で授業を受けられる高校に進むことに決まった。語くんは喜多方屋で修行をつみながら、ほかにもさまざまな経験を求めてアルバイトをし、関さんのところや、将来的には海外も視野に入れて、移動しながら学ぶ方法を選んだのだ。

瑠璃羽ちゃんと花蓮ちゃんは、ミヤオ先輩と同じ服飾デザイン科のある高校に進み、詠子はこれから、小学校から中学校へ上がった時とちがい、自分がこれまでいっしょの時間をともにしてきたたくさんの人と、別の時間を過ごすことになる。意外にも詠子と同じ高校に進むことになったのは井上くんで、井上くんはそのことを知った時、苦虫をかみつぶしたような顔をしていた。

そのため詠子のこの春休みには、それぞれと卒業の寂しさや入学の期待をわかち合う予定がびっしりと入っていて、もちろんその間に、おばあちゃんのお店や家のことも少し、手伝う必要があった。

詠子の言葉屋への決意を聞いたおばあちゃんは、最初こそもちろん、おどろいていたけれど、詠子の話にとてもていねいに耳をかたむけてくれて、最後にはむしろ、ほっとしたような顔をして、詠子の夢を応援することを誓ってくれた。

「ただ、詠子の望む変化は一朝一夕でなるものじゃないからね、なくすためには、なくすものをよく知る必要があることも忘れないでおくれ」

と、おばあちゃんは、そう言って詠子の背筋をのばすことを忘れず、詠子はおばあちゃんのこの張りのある声と、あたたかい手にずっと支えられてきたことに、今さらながらに感謝した。だからこそ、おばあちゃんの言うとおり、言葉屋の修行もおこたらずに続け、ミアカルタの動きも日々細かくチェックして、おばあちゃんが参加する言葉屋会議も積極的に見学することに決めた。

春休みも、その先も、詠子のスケジュールアプリは予定だらけで、へこたれているひまはない。だから、伊織くんとお別れしてからも、いつまでもそのことに心を引っぱられ続けはしないだろうと、詠子はそうたかをくっていた。

しかし。

どんなに背のびをしたところで、大人ぶってかっこつけたところで、詠子はまだ子ども時代の終わりを生きていて、すべてをすぐにきりかえられはしなかった。伊織くんに「いってらっしゃい」と告げてから毎晩、本当は昼の間もずっと、詠子の心は痛み続けていて、怒りのような悲しみが、波のように頻繁に押しよせては、ふいに泣きさけびたくなる衝動で胸がいっぱいになった。実際、夜は毎晩泣いて、もう誰にもぶつけることができない気持ちをもてあました。

本当はあの時、詠子は伊織くんに、言葉を言ってほしかった。

詠子に言わせてほしかった。

そんな思いがどうしても消えず、その気持ちにもまれている中で、詠子は初めて、伊織くんを少しきらいになれた。それなのに「好き」はまたすぐにこみあがって、頭の中はずっとぐちゃぐちゃ。こんな苦しさから、人はどうやって立ちなおるのだろうと、何度もまくらの中に問いかけて、しかしもちろん、答えが返ってくることはなかった。

だから、その日。

伊織くんが、本当に旅立つ日。

詠子は図書館もまだひらいていない朝のとても早い時間に、伊織くんにもらった虹の首飾りをつけて、ひとり、三日前と同じ場所に立っていた。

空港までは見送りに行けない。すでにお別れをしたということもあったけれど、伊織くんのお母さんは、詠子にあまりいい印象をいだいていないふしがあった。それもそのはずで、詠子は大切な息子が遠くに旅立つ手助けをしたのだ。これまでのやりとりの中で、何度かほんの少し接触した際には、詠子にも感謝の意を伝え、やさしく接してくれていたけれど、その心境が複雑なことは隠せていなかった。詠子が三日前にここで伊織くんに会ったのもそのためで、詠子は今日、家族水入らずで別れをおしむことになるであろう空港に顔を出すことはできない。その気もない。

ただ、前に伊織くんは、空港までは車で向かうと言っていた。図書館は大通り沿いで、もしかしたら朝ここにいれば、伊織くんの乗る車を見送れるかもしれない、と、詠子はあわく期待していた。あまりに未練がましいとはわかっていたけれど、もう少なくともしばらくは会えないのだということを思えば、最後にひっそり見送るくらいは許されるのではないかと、詠子は自分の心に甘えた。走り去る車を見れば、もしくは車が通らなければ、今度こそ心を整理できると期待した。

朝の街は静かで、車通りも人通りもほとんどない。ためらいなく春と呼ぶには、朝はまだ冬のにおいに満ちていて、詠子はコートのえりをしっかりと合わせると、桜の木の花壇にそっとすわる。

そして詠子は、過ぎていく時間をぼうっと見つめた。

その間、図書館前の信号は青になったり、赤になったりした。

何度も何度も、青になって赤になった。

やがて。朝の小鳥のさえずりに人の声がまじりはじめたころ。詠子は、長いため息をつくと、あきらめて立ち上がる。これでよかったのだ、と自分に言い聞かせると、目論見どおり、気持ちが少しだけすっきりとした気がした。

長い長い恋であったから、立ちなおるにも時間がかかる。背のびをしたお別れをしたからこそ、なおさら。それならば、そうと認めてなんとかこの気持ちと折り合いをつけて生きていくしかない、うすれてゆくのを待つしかないと、そう思った。

思ったのに。

詠子が歩き出したその瞬間、一台の車がすっと音もなく道の向こうから現れて、詠子から数メートルはなれた信号の赤信号で止まった。

助手席にすわっているその人と、詠子の目が合う。

伊織くんだった。

伊織くんは、詠子の姿を見るなりおどろいて目をまるくして、しかしすぐに、なにかを決意した顔になった。車を、降りる気配はない。詠子も、それ以上、車に近づきはしなかった。車を運転しているのは、伊織くんのお母さんだ。

でも、伊織くんは言った。

〈桜、下、見る、お願い〉

と、車の窓ガラスごしにすばやく手を動かすと、伊織くんは手話でそう言った。詠子はあわてて、今立ち去ったばかりの背後の桜の木をふりかえる。

〈桜？〉

と、その木を指さすと、伊織くんが大きくうなずく。それで、詠子もうなずいた。するとそこに、うしろからまた一台、車がやってくる。そろそろ朝が本格的にはじまって、交通量が増えるころだ。そして、その車が近づくと、伊織くんの乗っている車が、すっ、と発進する。見れば、信号はとっくに青になっていたようだった。

それで、詠子ははっとする。そしてすぐに、あたたかい気持ちになった。きっと伊織くんのお母さんは、信号が青になっても、後続車が来るまで、わざと待っていてくれたのだ。ぎりぎりまで、詠子たちに時間をつくってくれた。そのことがわかって、うれしかった。

だから詠子は、去りゆく車に手をふった。

最初は小さく、そして車が小さくなると大きく、詠子は手をふった。

そして、その車がとうとう見えなくなると、詠子はゆっくりと、桜の木にもどる。

つい三日前に訪れたばかりのその場所。先ほどすわっていた際も、特になにか気になるものはなかった気がしたけれど……。

しかし、改めて注意深く桜の木の根の間を見ていると、詠子はそこに、まるでとけ残った雪のような白さを見つけた。盛り上がった木の根のはざまに小さく折りたたまれておかれている、その白。なんとなく予感がして、詠子がそれに手をのばすと、その感触はクシャッと詠子の指先にやわらかく伝わった。

紙だ。

白い紙。そして、これはおそらく……。

詠子は意を決して、その小さくたたまれた紙片をひらく。

きっとこれは、手紙。

そして、その予感は、みごとに当たる。

その紙には、あまりにもなつかしい文字で、こう書かれていた。

君のことが好きだよ。

愛してるの、８倍くらい。

その文字を見るなり、詠子はその場にくずれ落ちるようにしゃがみこむ。

思わず手紙を胸の前で抱きしめたら、もうとても立っていられなかった。

とても久しぶりに見た、伊織くんの手書きの手紙。

あのころのようにきれいな字だったけれど、あのころよりも書き慣れた、動きのある字になった。あれからたくさんの字を書いてきたのだと、文字がそう言っている。これならもう、須崎くんの文字とは見まちがえないだろう。これは伊織くんだけの文字で、この手紙は、まちがいなく伊織くんから詠子に向けた手紙だった。

いつ、どういうつもりで、ここにおいたのだろう。

詠子が今日、ここに来なかったらどうするつもりだったのだろう。

「8」という数字が入っているということは、これを書いたのはきっと、六次の隔たりの会話をしたあと。詠子の名前を入れなかったということは、詠子に見つけてもらうつもりはなかったのかもしれない。でも、それでもこの手紙は、その文字は、どうしようもなく、詠子たちの物語の最後にいちばんふさわしい一ページだった。

だからこそ、詠子はくるおしいほどに強く思う。

ああ、別れの季節が、春でよかった。

私たちはこれからまた、たくさんの出会いに出会い、未来に花を咲かせていく。

でも。でもね、伊織くん。

この四年間、私たちの中にふりつもったこの文字の雪だけは、生涯とける気がしません。

そして詠子は、その思いを胸に立ち上がる。

桜は、まだ咲いていない。

虹だけが、詠子の首もとで輝いている。
だから、詠子はその言葉を、声に出して言った。
「伊織くん。大好き」
そして、詠子がその言葉を、胸の中の手紙に落とした瞬間。
詠子の瞳からも、虹のかけらのような涙がひとつぶ、地面に向かってぽつりと落ちた。
冬の終わりの春のはじまり。
沈丁花のかおりを胸いっぱいにすいこんで、詠子は知った。
音は、地面から鳴らない。
でも。
雨上がりには、きっと。
きっと。
虹が、見える。

第三章　ドクハク

時計の針を、応援しなくなったのはいつからだろう。

いつからか、時間は勝手に過ぎていくものになった。

授業よ、早く終われと長針を応援した日々。

昼ごはんが待ち遠しくて、短針を応援した日々。

あの日々が、なつかしい。

そういえば昔、本で読んだことがある。なんで時間は、早く過ぎてほしい時ほど、ゆっくり流れているように感じるのっていう子どもの問いに、専門家が答えてたんだ。一説にはそれは、脳が時間の流れを、自分の胸の鼓動の数から感じているかららしくて、意外にも鼓動は、退屈でしかたがなくて時間が早く過ぎてほしいと思っている時ほど、はやまる

らしい。それで脳は、その増えた鼓動から、たくさん時間が過ぎていると感じるわけだけど、実際の秒針は鼓動とちがって一定の速さでしか進まないから、そのギャップで僕らは、「もっと時間がたってると思ったのに、まだこれしかたってない！」って思うんだって。

どうかな、詠子ちゃん。

僕の話は、今日も長い？

詠子ちゃんはまだ、時計の針を応援する時はあるかな。最近の詠子ちゃん、毎日忙しそうだから、むしろ針を止めたいくらいかもしれないね。きっと毎日、あっという間に時間が過ぎていっているように感じているのかもしれない。

僕の人生もね、ここまであっという間だったよ。

楽しいことが、たくさんあったから。

病気がわかってから、僕はこれから、暇で孤独でなにもない世界に閉じこめられていくんだと思った。実際、つらい時間もたくさんあって、どうして僕がこんな目に、って思ってしまう時だってあったよ。明日の朝起きたら、なにができなくなっているんだろう。そもそも起きれらるのかな、呼吸は夜の間に止まらないかなって、ふるえて眠れない夜もあった。でも、僕にはあの言葉があったから。

詠子ちゃんがいつか迎えにきてくれるって、その言葉があったから。

詠子ちゃんがずっとがんばって、僕にその言葉を信じさせ続けてくれたから。

だから、僕もがんばれた。

人生って、いろんなミラクルがあるよね。

そういえば、僕の前に僕の部屋に住んでいた女性、結婚したんだって。ニュース見た？

ロマンチックだよね。一度はダメになった何十年も前の恋人と再会して、結婚。

相手は、あのロックバンドの人だよね。エンハリさん。

僕もあのころ、何度かマンションで見かけたことがあるよ。なつかしいな。僕、ちょうど世代だったし、あの全盛期のとがった歌も好きだったけど、最近、すごくおだやかであったかい歌を歌うようになったよね。表情もやわらかくなって、幸せなんだろうなって思って、僕も勝手に幸せな気持ちになっちゃった。

って、なんか今日の僕は、いつにもましておしゃべりだよね。

うん。やっぱり、手術の前で緊張してるみたいだ。

もうすぐ時間だね。

あ、でも、詠子ちゃん。あと、これだけは言わせて。

詠子ちゃん、ありがとう。

僕は、君が生まれてきてくれた時から、ずっとそう思ってたよ。

子どもの時はそりゃね、僕もどう接すればいいかわからなくて、やさしくするだけじゃうまくいかないことに悩んだ時もあったし、ほら、あの反抗期の時だって、僕もどうしようって実はすごくあせって、距離をおいた方がいいのかなって思ったよ。なつかしいね。

でも、そんな時はいつも、赤ちゃんだった詠子ちゃんが、初めて僕の抱っこで泣きやんだ時のことを思い出した。あの時ね、僕、すごく救われたんだ。詠子ちゃんが生まれたころ、僕は自分の人生にいろいろ悩んでいて、だからこそ、自分の体温に安心してくれた詠子ちゃんの存在に、すごく救われた。ありがたかった。生きているだけで、そこにいてくれるだけでいいんだって、詠子ちゃんのゆるやかな呼吸が僕の呼吸をなでてくれて、長年のやるせない不安がとけた。

それは詠子ちゃんが大きくなってからも同じだったよ。詠子ちゃんがあの屋上の小屋の扉をノックして不安な顔で入ってくる。そして、安心した顔で出て行く。あの一瞬一瞬に、僕もあの時、救われていた。

え？　あいかわらず、言葉がくさい？

いいじゃない、それが僕なんだから。

だから、もう一回言うね。

ありがとう、詠子ちゃん。

僕は、君のおじであれて、本当によかった。

最終章　おばあちゃんのお仕事

「ねえ、おばあちゃん。おばあちゃんって、すごい人なの？」

ある日の夕方。おばあちゃんのお店で、わたしが急にそう聞いたものだから、カウンターの中のおばあちゃんは、小さい子みたいに目をまるくして、わたしを見た。

「え？」

「おじいちゃんがね、言ってたの。おばあちゃんは、すごくかっこいい人なんだよって」

そう言いながら、わたしの声には思わず、ちょっとうたがいの気持ちがにじんでしまう。

だって、よくわからないんだもん。

わたしのおじいちゃんは、確かにすごい。

おじいちゃんになった今も世界中を飛びまわって、いろいろなところでスピーチをしたり、研究を発表したりしている。おじいちゃんの研究で救われた人は世界中にいっぱいいて、今でもたくさんの研究者さんやお医者さん、なんかすごい機械をつくる会社の人がおじいちゃんに話を聞きにくる。なのに、おじいちゃんは少しもえらぶらなくて、いつもやさしい。あと、背が高くてかっこいい。だからわたし、おじいちゃんが大好き。

なのに昨日、せっかく今、日本に帰ってきてるおじいちゃんにそう言ったら、おじいちゃんはうれしそうにありがとうって言ったあとすぐに、

「でも、おじいちゃんは、おばあちゃんの方がかっこいいと思うな」

なんて、言ったからびっくりした。

わたしだって、おばあちゃんのことは好き。たまにおっちょこちょいなところもあるけど、やさしいし、わたしが学校とか友だちのことで悩んでると、いつもあったかいお茶をいれて、ゆっくり話を聞いてくれる。お説教とかをするわけじゃなくて、いろんな考え方を教えてくれて、いっしょにゆっくり考えてくれる。たまにわたしにはよくわからない難しい言葉をつかうこともあるけど、そのよくわからない言葉とか話の意味を考えていると、心のもやもやがとけちゃう時もあるから不思議。だからわたしは、こまったことがあるとつい、おばあちゃんのお店に来てしまうくらいには、おばあちゃんのことが大好きだ。

でも、すごい人かっていうと、どうなんだろう？

おばあちゃんは今、この坂の上の小さな古いお店で、雑貨屋さんをしている。

トランプとかタロットカードとか、万華鏡とかちょっとしたアクセサリーとか、レターセットとかノートとか、いろいろな布の端切れとかコンパクトミラーとか。そういう、海外から取りよせた、かわいくてめずらしい雑貨のほかには、おばあちゃんの手づくりのものもおいていて、でも、それはぜんぶ不思議なものばっかり。

たとえば、カラフルな糸を平たく編んだ組紐の先に、まるいガラスのとんぼ玉をつけたストラップ。しかも組紐の部分はわざとねじってあって、それはメビウスの輪っていうんだって。

それから、おばあちゃんがわざわざガラス吹きで吹いてつくった小瓶もたくさん。ふわっとまるくて、雨粒みたいな葉っぱみたいなかたちで、でも底がたいらで花瓶みたいにおけるようになっていて、コルクとかガラスとか、あとたまに花の種でふたをしているものもある。中身はいろいろで、しゃぼん玉の液だったり、絵の具になる粉だったり、きれいな石とか金粉だったり。あと、小さなガラスのかけらをたくさんつめた小瓶もあって、それはネイルとか小物のデコレーションにつかうものらしい。

ほかにも、おばあちゃんがすいて染めた紙もあれば、なぜか角がまるく切ってある半紙の束もある。あとそれから、とんぼ玉みたいな飴玉も。それはおばあちゃんが最近になって専門のお菓子屋さんで習ってはじめた趣味のようなものらしいけど、ガラス玉とまちがえそうなほどまるいその飴を、おばあちゃんは時々自分でつくっては、お店においている。

どれもこれも、わざわざ自分でつくらなくてもほかのお店でも買えそうなものばかりで、それをぜんぶつくれるおばあちゃんは確かにすごいと思うけど、おじいちゃんがしみじみほめるほどじゃないんじゃないかって、正直ちょっと思ってしまう。

ただ不思議なことに、そんなおばあちゃんの商品をたまにとてもうれしそうに買っていくお客さんがいる。だいたいは年配のお客さんで、

「なつかしい！　まだあったのね」

なんて、目を輝かせている人を、わたしもお店で何度か見かけたことがあった。

そのたびにおばあちゃんは、やさしく目をほそめて、

「ええ、でも、もう、ぜんぶただのおまじないになったんですよ」

と、言っている。そんなおばあちゃんとお客さんの間には、いつも謎めいた視線の会話があって、わたしはそのたびに、その視線の中にあるものがなんなのか、とても気になって

いた。なんだろう。もしかしてそれが、おじいちゃんが言っていた「おばあちゃんのかっこいいところ」？

確かおじいちゃんは、おばあちゃんはこのお店に専念する前は、ちがうお仕事をしていたと言っていた。

「おばあちゃんはね、色彩学、服飾学、心理学、言語学に環境学、教育学、法学、建築学、医学や脳科学も……。ほかにも本当にたくさんのことを勉強して、たくさんの人が暮らしやすくなる世界をつくる研究をしたんだよ。もちろん、ひとりじゃできないことだったから、たくさんの人の力を借りながら、たくさんの人が泣かない世界をつくろうとして、実際、とあるひとつの目標は達成した。秘密だからくわしくは言えないけれど、それは歴史的にもとてもすごいことだったんだ」

でも、おじいちゃんが言っていたそのなんとか学も、秘密も歴史も、どれもわたしにはよくわからなくて、そうこうしているうちにおじいちゃんの電話が鳴って、そのままおじいちゃんはお仕事に行っちゃったから、結局、おばあちゃんのすごさはよくわからなかった。それで、おばあちゃん本人に聞いてみようって思ったんだけど、いろいろわからなすぎて、ついなんだか、うたがいの目を向けるような言い方をしてしまった。ごめんなさい、おばあちゃん。

でも、おばあちゃんはそんなわたしの言葉を気にすることはなく、やんわりとほほえんで首をふる。

「私は、すごい人ではないけど……。でも、おじいちゃんにそう言ってもらえるなんて、うれしい」

「ねえ、おばあちゃん、昔、どんなお仕事してたの？　秘密のお仕事だったんでしょ？　まさか魔法少女じゃないだろうし、スパイ、とか？」

「ふふっ、魔法つかいの友だちはいるけど、私は魔法少女でもスパイでもなかったな。そうね、環境設計や、空間デザインに近いお仕事かな。学校とか図書館とか駅とか、人が集まるところで、人がなるべく言葉をつかいやすい環境をつくるお仕事をしていたの」

「言葉？」

「そう。人ってね、意外に自分のまわりの色や環境に心を左右されやすくて、ちょっとした仕掛けがあるだけで、イライラした気持ちを落ちつけたり、ネットに投稿しようと思ったいじわるな言葉を止められたり、自分や人の言葉を許せたりすることがあるの。もちろん、心はその人のもので、すべてを誰かがコントロールできるわけじゃないし、中から強くなるものではあるけど、支えることや応援することは、外からでもできる。私はそういう、人が強くやさしくあろうとする勇気を支える仕掛けを社会にたくさんつくりたくて、いろいろな人に助けてもらいながら、少しずつ、社会に仕掛けを増やしたの。この『言珠飴』も、そのひとかけら。この飴を口でとかしてから言いたい言葉を伝えにいくと、勇気が出る、そんなちょっとしたお守りの飴なの。……昔はガラスでできていたんだけどね、今はもうないから、これはその名残。ただのおまじないでしかない飴なんだけど、でも、勇気を出すきっかけのスイッチがほしい人がいたらと思って、つくってみたの」

「ふーん……」

おばあちゃんの言葉に、わたしはこれまで、ただの飴だと思っていたそれを見やって首をかしげる。

結局、おばあちゃんの言っていることはよくわからない。でも、おじいちゃんがすごいっていうくらいなんだから、きっとすごいことなんだろう。そう思っていると、おばあちゃんがわたしを見て、なぜだかうれしそうに笑う。

「でも、最近はこれもほとんど売れないの。だからきっと、もう少しね。人が、言葉の勇気を本当に自分の中に取りもどすまで、あともう少し」

それでわたしは、また首をかしげる。

おばあちゃんてば、売れないことをよろこぶなんて、ますます変なの。

でもおばあちゃんは、そんなわたしにまたほほえんで、「さっ」と楽しそうに手を打つ。

「でも、今日はこれからチョコレートをつくるつもりなの。手伝ってくれる？」

「え？　チョコレート？」

「そう。あとでおじいちゃんにわたすの。おじいちゃん、夜、本を読む時になにか甘いものが食べたいって言ってたから」

「その飴じゃダメなの？　本、読むなら、飴の方が手、よごれにくそうだけど……」

すると、おばあちゃんは笑って首をふる。

「それが、ダメなの」

「なんで？」

「おじいちゃん、昔ね、本当に昔の昔、私が初めてこの飴をつくってプレゼントした時、言ったのよ」

首をかしげて、おばあちゃんの言葉の先をうながしたわたしに、おばあちゃんは小さな女の子のように口をとがらせて、いじけたように言う。

「チョコがよかったなって」

それで、思わずわたしも笑ってしまう。

「なにそれ。おじいちゃん、ひどい！」

そうしておばあちゃんと笑い合いながら、わたしはお店の奥の階段をあがる。

階段の手すりを持つおばあちゃんの左手の薬指には、魔法つかいからもらったのだというムーンストーンという宝石と、そのムーンストーンをはさむようにうめこまれた、小さなダイヤモンドがふたつ、天の川をはさんだ織姫と彦星のようにあしらわれたデザインの指輪がはまっている。おばあちゃんは、いつもは大切にしまっているそのおじいちゃんからの婚約指輪を、おじいちゃんが帰ってくると、決まってうきうきとはめる。たぶん、おばあちゃんは今も、おじいちゃんが大好きなんだと思う。

でも、だからこそ、階段を上がるおばあちゃんのせなかを見つめていたらどうしても気になって、わたしは、もう一度だけたずねた。

「ねえ、おばあちゃん。それで結局、おばあちゃんのお仕事って、なんていう名前だったの？　学者さん？　建築家？　お医者さん？」

するとおばあちゃんは、わたしをふりかえりながら、んーっと首をかしげる。

「なんだろう？　人の心を自由にするお仕事で、気持ちの交通整理のお手伝いをするお仕事で、うーん、でも、結局はぜんぶ、言葉にかかわるお仕事だったから……。あれ？　そう、そっか」

おばあちゃんは、ひとりごとのようにそうつぶやくと、なにかに気がついたように目を輝かせて、わたしに視線をもどす。そして、まるで口の中でなつかしい味のするやさしい飴玉をなめているかのように、ふんわりと笑った。

「言葉屋、かな？」

（おわり）

あとがき

ここまで言葉屋の物語を読んでくださったみなさま、本当にありがとうございます。
この物語とともに過ごした十年は、ずっと、ずっと、どきどきしていました。

なにせ、「言葉屋」を書いている私自身は、今も毎日のように言葉で失敗したり、悩んだりしている、とてもちっぽけな人間です。言葉の正解を知っているわけでもなく、この物語を書かせていただくことを、おこがましく感じる日も、たくさんありました。

でも、ここまで読んでくださったみなさまならばご存じのとおり、言葉屋は、正解の物語ではなく、たくさんの人の、たくさんの思いがつまった、悩みの小箱です。物語の中に答えはないかもしれませんが、物語を通じて、「自分はひとりではない」と、安心していただけましたら、とてもとてもうれしいです。そして願わくは、物語のかけらが扉となって、みなさまが自分だけの、幸せな答えを見つけられますように……。

また、末筆となってしまって大変恐縮なのですが、言葉屋は、もとやままさこさんのあたたかいイラスト作品にはもちろん、ほかにも、本当にたくさんの参考文献、ウェブサイト、有識者の方々に支えていただいた物語です。改めて、厚く感謝申し上げるとともに、この物語を本にしてくださったみなさま、そして、読者のみなさまに、心から御礼申し上げます。
本当に、本当にありがとうございました。

二〇二四年三月　久米絵美里

著者
久米　絵美里（くめ・えみり）

1987年、東京都生まれ。慶應義塾大学法学部政治学科卒。『言葉屋』で第５回朝日学生新聞社児童文学賞、『嘘吹きネットワーク』（PHP 研究所）で第 38 回うつのみやこども賞を受賞。著書に「言葉屋」シリーズ、『君型迷宮図』（以上、朝日学生新聞社）、『忘れもの遊園地』（アリス館）、「嘘吹き」シリーズ（PHP 研究所）などがある。

表紙・さし絵
もとやままさこ

1982年、神奈川県生まれ。武蔵野女子大学文学部日本語日本文学科卒。イラスト・書籍の挿絵などで活動。詩集『夏の日』『ゴムの木とクジラ』『ぜいたくなあさ』『まどろむ、わたしたち』（銀の鈴社）などで絵を担当している。

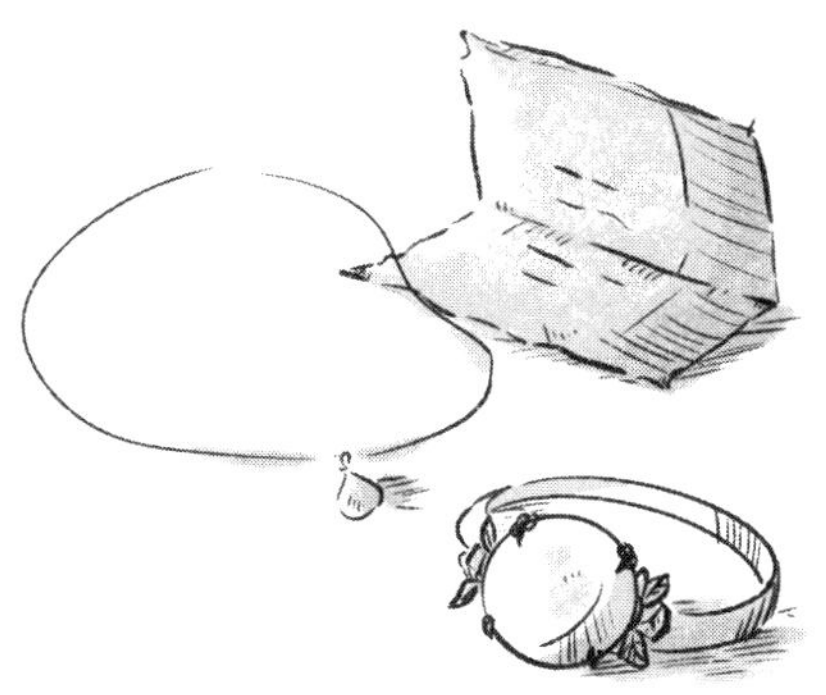

久米絵美里先生へのお手紙は、朝日学生新聞社出版部まで送ってください！
〒 104-8433　東京都中央区築地 5–3–2　朝日新聞社新館13 階
朝日学生新聞社編集部「言葉屋」係

言葉屋⑩ さようであるならば

2024年 4 月30日　初版第 1 刷発行

著　者　久米 絵美里

発行者　清田　哲
発行所　朝日学生新聞社
〒104-8433　東京都中央区築地 5-3-2　朝日新聞社新館13階
電話　03-3545-5436

印刷所　株式会社 シナノパブリッシングプレス

ISBN 978-4-909876-22-5　NDC913